Mike Muche

„Ich habe getötet!"

Chronik eines Polizistenlebens

Bibliografische Information der Deutschen Nationalbibliothek:
Die Deutsche Nationalbibliothek verzeichnet diese Publikation in der Deutschen Nationalbibliografie. Detaillierte bibliografische Daten sind im Internet über http://www.d-nb.de abrufbar.
ISBN 978-3-99003-009-7

Alle Rechte der Verbreitung, auch durch Film, Funk und Fernsehen, fotomechanische Wiedergabe, Tonträger, elektronische Datenträger und auszugsweisen Nachdruck, sind vorbehalten.

© 2009 novum Verlag, Neckenmarkt · Wien · München
Lektorat: Mag. Sandra Jusinger

Gedruckt in der Europäischen Union auf umweltfreundlichem, chlor- und säurefrei gebleichtem Papier.

www.novumverlag.com

Prolog

In einer einzigen Nacht, in nur wenigen Minuten, Sekunden, wurde mein Leben in den Grundfesten erschüttert. Das Leben, das schon vorher nicht ereignislos und normal gewesen war. Ich wurde aus der Bahn geworfen und mein einsamer Kampf, den ich seit diesem Ereignis führe, scheint aussichtslos.

Die vielen Fehler, die ich im Laufe meines Lebens gemacht habe, die Gefühle, die ich verletzt habe; Menschen, denen ich sehr wehgetan habe – alles bekommt man in seinem Leben zurückbezahlt.

Bei mir ist es jetzt so weit.

Meine Schuld zahle ich gerade auf eine für mich schreckliche Art und Weise ab.

Es tut mir leid, dass ich ein Menschenleben ausgelöscht habe.

Es tut mir leid, dass ich den Eltern den Sohn genommen habe.

Es tut mir leid, dass ich den Bruder meines Freundes erschoss.

Es tut mir leid, dass ich seit dieser Zeit kein normales Leben mehr führen kann.

Es tut mir leid, dass ich nicht mehr ohne Panik in den Streifenwagen kann.

Es tut mir leid, dass ich meine Waffe nicht mehr sehen will.

Es tut mir leid, dass ich dieses Trauma nicht verarbeiten kann.

Es tut mir leid, dass die vielen Klinikaufenthalte nicht den gewünschten Erfolg brachten.

Es tut mir leid, dass ich noch nicht behämmert genug bin, um das System dieser Kliniken begreifen zu können.

Es tut mir leid, dass ich Nacht für Nacht schweißgebadet aufwache und die Albträume mich verfolgen.

Es tut mir leid, dass ich nach über 30 Jahren den ehemals geliebten Beruf hasse.

Es tut mir leid, dass ich dienstunfähig bin.

Es tut mir leid, dass viele meiner Kollegen und Freunde kein Verständnis für meine Lage haben.

Es tut mir leid, dass ich meine erste Ehefrau sehr verletzt habe.

Es tut mir leid, dass ich ein so schlechter Vater war.

Es tut mir leid, dass ich meine zweite Ehefrau nicht betrogen habe.

Es tut mir leid, dass mein ehemals bester Freund die Freundschaft verleugnet hat.

Es tut mir leid, dass dieser Freund jetzt mit meiner Nochfrau zusammenlebt.

Es tut mir leid, dass ich finanziell ruiniert wurde.

Ich bin froh, dass mein Kollege und ich diesen Einsatz überlebt haben.

Ich bin froh, dass ich noch nicht im Sumpf der Depression versunken bin.

Ich bin froh, dass ich viel zu gerne lebe, um mir selbst das Leben zu nehmen.

Ich bin froh, dass ich den Kampf um die Zufriedenheit noch nicht aufgegeben habe.

Ich bin froh, dass es Menschen gibt, die mich verstehen und unterstützen.

Ich bin froh, dass meine Töchter dem alten Vater seine vielen Fehler verziehen haben.

Ich bin froh, dass es seltene Nächte gibt, in denen ich nicht in Albträumen versinke.

Ich bin froh, dass ich meinen grenzenlosen Optimismus nicht verloren habe.

Ich hätte so gerne mein bisheriges chaotisches, aber aufregendes Leben weitergeführt. Dieses ständige Auf und Ab habe ich genossen. Nur nicht so sein wie die anderen. Das war ganz wichtig für mich und danach habe ich gelebt. Wild und exzessiv. So wollte ich alt werden.

Diese eine fürchterliche Nacht hat es unmöglich gemacht. Das ist das Risiko meines Berufes, mit dem jeder Kollege leben muss, aber hofft, dass die Situation niemals eintritt.

Seit dieser Zeit bin ich ein anderer Mensch. Es wurde mir ein neues, schweres Leben aufgezwungen, mit dem ich nicht zurechtkomme. Aber ich habe diese Nacht überlebt. Werde sie niemals mehr vergessen können. Balanciere seit dieser Zeit auf einem schmalen Grat zwischen Depression, ständiger Angst und Ungewissheit. Ein sehr schmaler Grat.

Ich gebe jedoch meinen Kampf nicht auf. Seit Jahren versuche ich Ordnung in meinen Alltag zu bringen. Mein Ziel ist ein bisschen Zufriedenheit jeden Tag, um nicht ganz in die Depression abzugleiten. Ist dieses Ziel zu hoch gesteckt oder unerreichbar? Noch habe ich Kraft, diesen Kampf anzunehmen. Aber wie lange noch?

Die Zukunft wird es zeigen.

Mein Name ist Michael. Ich werde dieses Jahr fünfzig – so Gott will. Mein Kampf war lange und sehr zermürbend. Er war nicht zu gewinnen. Psychisch und physisch erschüttert und vermutlich noch in diesem Jahr dienstunfähig in Rente. Nach über dreißig Jahren Polizeidienst. Es geht nicht mehr.

Es hat sich jahrelang angebahnt. Frust – Unzufriedenheit. Aber ein einziger Tag – eine einzige Nachtschicht – einige wenige Sekunden haben mein Leben verändert und mich zerstört. Und nicht nur mich. Ein anderes Leben wurde auch zerstört.

ICH HABE GETÖTET

Ein Leben ausgelöscht in Ausübung meines Dienstes. Eine Entscheidung in Sekunden, die mir endlos erschienen Ein Handeln, das ich nie gewollt habe. Mir nicht im Geringsten vorstellen konnte. Einem Menschen sein von Gott gegebenes Leben genommen.

Hatte ich eine Wahl? Habe ich alles richtig gemacht? Hätte ich anders handeln können?

NEIN!

Mich trifft keine Schuld! Ich habe nur um mein bisschen Leben gekämpft und es behalten. Es war ein harter, schrecklich langer Kampf, der tiefe Spuren hinterlassen hat. Aber für welches Leben?! Will ich dieses Leben, das ich seit nunmehr über drei Jahre führe, so weiterleben?

Es ist Montagabend. Nachtschicht. Wird wahrscheinlich ein ruhiger Abend. Die Rumtreiber sind noch erschöpft vom Wochenende, schonen ihren Geldbeutel und die Leber. Es ist kalt und ungemütlich. Die Obdachlosen haben sich in die warmen Parkhäuser verdrückt. Wenige Leute auf der Straße. Vermutlich ein paar Unfälle bei diesen glatten, verschneiten Straßen.

Das Übliche. Diese Nacht werden wir keinen Stress haben. Tut uns auch mal gut. Könnten ja wieder mal die alten Akten aus dem Fach holen und bearbeiten. Der Staatsanwalt wartet schon ungeduldig. Oder einfach mal Füße hoch und nach dem anstrengenden letzten Dienst regenerieren. Sind ja schließlich nicht mehr die Jüngsten.

Schon unser Frühdienst von 7.00 Uhr bis 13.00 Uhr war geruhsam. Keine besonderen, außergewöhnlichen Vorkommnisse. Der übliche Kleinkram.

Die anschließende Ruhephase zu Hause als Vorbereitung auf den langen Nachtdienst war kurz. Wie immer. Gewohnheit. Die Müdigkeit geht nur schwer aus den Knochen. Viel Kaffee und noch mehr Nikotin helfen. Morgens sechs Stunden und dann abends zwölf Stunden Nachtdienst gehen in unserem Alter an die Substanz. Da freut man sich auf den ruhigen Montagabend.

Dienstbeginn ist 19.00 Uhr. Wie üblich zunächst gemeinsames Treffen im Aufenthaltsraum bei reichlich

Kaffee. Der Chef hält seine abendliche Besprechung, teilt Neuigkeiten mit und gibt den Streifenplan bekannt. Muss erst um 22.00 Uhr auf die Straße. Also doch ein paar alte Fälle aufarbeiten, bevor ich auf die Straße gehe. Die Stimmung in der Dienstgruppe ist bestens. Prima Kollegen mit guter Laune. Da geht die Nacht doch viel schneller vorbei.

Die scheinbare Ruhe auf den verschneiten Straßen hält an und es steht uns eine Nacht ohne Hektik bevor.

Aber wir werden auf eine grausame Art vom Gegenteil überzeugt. Diese Nacht wird es uns zeigen. Nicht jeder Montag ist ruhig. Es reicht einer, um dein Leben zu verändern. Heute ist der so geruhsam geplante Montag, der anders ist …

Er wird mich, mein Leben und meine Existenz in eine völlig andere Bahn werfen. Ich bin noch ahnungslos, gut gelaunt und mit einem meiner Lieblingspartner unterwegs. Da macht der Nachtdienst richtig Spaß. Auch mit müden Knochen.

Doch diese Nacht werde ich mein ganzes Leben niemals mehr vergessen können. Sie wird mein bisheriges Dasein, meine Einstellung und vor allem meine Gesundheit verändern. In einer Form, die ich mir in meinen schlimmsten Träumen niemals hätte vorstellen können.

Es begann wie schon so oft vorher. Telefonische Mitteilung über einen Familienstreit in der Innenstadt. Kennen wir alten Hasen doch zur Genüge.
   Meist an den Feiertagen. Weihnachten – Ostern – Pfingsten. Wenn sich die Familie tagelang auf der Pelle

sitzt und gegenseitig nervt. Da ist die Wahrscheinlichkeit solcher Einsätze enorm hoch. Aber es gibt keine Regel. Heute ist Montag und kein Feiertag weit und breit. Ist auch unabhängig vom Wetter oder der Kälte, die gerade herrscht. Streit in der Beziehung oder Ehe ist an keine Zeit oder Temperatur gebunden. Wir kennen das. Erfahrungswerte.

Aber uns ist auch bekannt, dass diese Art der Einsätze die gefährlichsten für einen Polizisten sind. Wenn es innerhalb der Familie, zwischen Partnern oder zwischen Eltern und Kindern zu extremen Streitigkeiten und Auseinandersetzungen kommt, die in Gewalt eskalieren, und die Polizei eingeschaltet wird, dann ist äußerste Vorsicht geboten. Die Wogen der Erregung unter den Beteiligten sind in schwindelnder Höhe. Das Adrenalin überschwemmt den Körper. Da gibt es als Täter weder Freund noch Feind. Ein überlegtes, vernünftiges Miteinander ist meist unmöglich. Diese Art von Einsatz ist wesentlich gefährlicher als die größte Kneipenschlägerei.

Bei einem der zahlreichen ähnlichen Einsätze vorher, standen wir minutenlang an der Tür zur Küche, während der türkische Ehemann und Vater, aufgeladen mit Emotionen, drinnen war und krampfhaft ein großes Küchenmesser umklammerte. Gereizt und angriffslustig. Verzweiflung, die man in seinem Gesicht ablesen konnte. Die restliche Familie konnten wir schon vorher aus der Gefahrenzone bringen, ohne dass jemand verletzt wurde. Nun stehen wir draußen vor der Küche und beobachten den Verzweifelten, der mit seinem Messer wild fuchtelt. Aber er bleibt auf seinem Platz und nähert sich nicht. Die Bedrohung ist noch fern, einige wenige Meter. Aber gegenwärtig und nicht zu unterschätzen.

In dieser Einsatzphase war es nicht erforderlich, die Waffe auch nur aus dem Holster zu ziehen. Die Bereitschaft dazu war selbstredend da, die Sinne geschärft und die Eigensicherung stand im Vordergrund. Groß ist die Gefahr. Schnell wäre die Entfernung zwischen dem gefährlichen Messer und uns überbrückt.

Nur durch langes, geduldiges Reden gelang es mir, ihn davon zu überzeugen, die Waffe wegzulegen. Anschließend saßen wir beide am Küchentisch und rauchten zusammen eine Zigarette. Er erzählte mir weinend und voller Reue sein Leid …

Kein Schlagstock, kein Pfeffer und schon gar keine Waffe waren nötig, um den Mann wieder so weit zu beruhigen. Aber schon dieser Einsatz hätte auch anders laufen können.

Hier war unsere seelsorgerische, psychologische Ader gefragt. Bei vielen Einsätzen kommt man damit durch und kann die Eskalation der Gewalt verhindern – nur durch Worte, Mitgefühl und Verständnis. Davon haben wir reichlich und sind froh, wenn ein Fall auf diese Art beigelegt werden kann.

Aber jetzt und heute, auch noch nachts gegen 23.00 Uhr, da sollte man die häufigste Ursache dieser Streitigkeiten, den Alkohol, nicht vergessen. Aber wir alten Säcke mit reichlich Erfahrung kennen all diese Probleme und Risiken und haben schon ein Vielzahl derartiger Einsätze erfolgreich und ohne zählbare Verluste gemeistert. Spaß macht es trotzdem nicht. Die Angst und Verzweiflung in den Augen der Ehefrau oder der Kinder gehen einem durch Mark und Bein. Die verzweifelten Versuche eines

Ehepartners, die brüchige Ehe zu retten. Wenn es sein muss, auch mit Drohungen oder Gewalt …

Erst Wochen vorher wurden zwei Kollegen während eines ähnlichen Einsatzes massiv angegriffen und verletzt. Der eine wurde bis zur Bewusstlosigkeit gewürgt und seiner Waffe beraubt. Den Entwicklern der Griffsicherung an unserer Waffe sei Dank. Der osteuropäische Täter konnte die Waffe nicht bedienen. Die Kollegen konnten bis zum Eintreffen der Verstärkung überleben, obwohl sie bereits von der gesamten Familie angegriffen wurden. Die Familie, die sich vorher untereinander geprügelt und die Polizei verständigt hatte.

Sehr schlimme Einsätze, wenn sich die Beteiligten plötzlich – und meist unerwartet – wieder verbünden und gemeinsam gegen die Einsatzkräfte gehen. Wir, die den Streit eigentlich schlichten sollten, sind unvermittelt das Angriffsziel. Vergessen der Grund des Anrufes. Kommt nicht selten vor.

… Also – die übliche Vorgehensweise, die auf unserer Dienstgruppe seit langer Zeit praktiziert wird. Zwei Streifenwagen mit je 2 Beamten. Die Eigensicherung geht über alles. Man kann ja nie wissen, mit welchen Durchgeknallten man konfrontiert wird.

Einfach und doch so wertvoll. Wenn die Lage harmlos ist oder wir sie im Griff haben, kann eine Besatzung nach der Unterstützung abrücken. Alles gut geplant und organisiert. Funktioniert natürlich auch nur, wenn die anderen Streifen nicht gerade selbst Einsätze abzuarbeiten haben. Dann bleibt keine Wahl. Aber heute ist ja der ruhige Montag, die zweite Streifenbesatzung ist frei und fährt zur Unterstützung mit an. Routine.

Es schneit stark und ist so richtig ungemütlich. Kaum Leute unterwegs. Die Anschrift ist nicht gleich zu finden. 3 Minuten – 4 Minuten – 5 Minuten. Endlich. Wurde ja auch Zeit. Offenbar ist uns versehentlich die falsche Hausnummer genannt worden. Die Dienstfahrzeuge werden vor dem Anwesen geparkt.

Mein Kollege und ich gehen am Ende der Polizeikolonne. Wie immer: Murphysches Gesetz: Wohnung ganz oben – ohne Aufzug. Ist doch immer das Gleiche. Warum wohnen diese Leute nie im Erdgeschoß oder im 1. Stock? Liegt es an der Höhe? Ist die Luft dort oben dünner oder zieht es die Straftäter nach oben? Keine Ahnung …

Im Treppenhaus, auf dem Weg nach oben, dann der verhängnisvolle Satz meines Streifenpartners:

„Lasst uns mal vor. WIR haben doch den Auftrag bekommen."

Sachbearbeiter des kommenden Einsatzes bin ich. Wird im Wagen vorher abgeklärt, wer den nächsten Fall bearbeitet. Geht dann immer im Wechsel. Gerecht und fair. Es gibt schon Kollegen, die das nicht ganz so eng sehen und ständig jammern, dass ihr Fach bis oben voll sei. Dann nimmt man auch mal die eine oder andere Anzeige mehr auf. Kein Problem. Diese Fachmänner kennt man aber mit der Zeit. Mein Streifenpartner ist einer von den Guten, mit dem ich nicht diskutieren muss.

Ich schleppe meinen müden Körper an den Kollegen vorbei und erreiche als Erster die Dachwohnung.

Dunkel. Keine Klingel zu sehen. Vergitterte Scheiben. Ich klopfe mehrmals. Kein Geräusch dringt von innen zu uns. Kein Geschrei – keine laute Musik, kein lauter Fernseher. Nichts. Gar nichts. Trügerische Stille. Ungewöhnlich.

Meist hört man das Schreien und Jammern schon ganz unten. Oder wird von den weinenden Mitgliedern der Familie bereits vor dem Haus empfangen. Das laute Scheppern, das beim Demolieren der Wohnung entsteht. Heute nicht. Es ist still. Grabesstille …

Vermutlich ist der Streit auch längst beigelegt und sie liegen sich wieder tröstend in den Armen. Pack schlägt sich – Pack verträgt sich. Kennen wir doch auch zur Genüge. Wieder ein sinnloser Einsatz!

Dann von innen eine leise Frauenstimme:

„Wer ist denn da?"

Wer soll wohl da sein kurz vor 23.00 Uhr? Der Briefträger? Milchmann? Der Drücker der Zeitungskolonne? **So eine blöde Frage!!!**

Du hast uns doch schließlich gerufen, du Nuss? Du hast die Notrufnummer gewählt und euren fürchterlichen Streit mitgeteilt, von dem zwischenzeitlich überhaupt nichts mehr zu hören ist. Hast du gedacht, heute kommen wir mal nicht?

Ich bleibe höflich, obwohl mir gerade der Kamm anschwillt, und antworte:

„Die Polizei. Machen Sie bitte auf!"

Das Geschehen nimmt seinen Lauf und ist ab jetzt nicht mehr aufzuhalten. Ich ahne nicht im Geringsten, dass mir die schlimmsten Minuten meines Lebens bevorstehen. Es wird in wenigen Augenblicken ein anderes sein. Mein „erstes" Leben werde ich hier und heute abschließen. Dies ist mir in diesem Moment allerdings noch nicht bewusst.

Das ist der Dienst, für den wir bezahlt werden. Beim mickrigen Gehalt ist auch das Risiko inbegriffen, das wir jederzeit eingehen müssen. Und heute werden wir es eingehen. In einer Form, die ich mir in meinen schlimmsten Träumen niemals vorstellen konnte. Wir sind völlig ahnungslos, kennen jedoch keine Angst. Dies wird sich schlagartig ändern. Die Angst wird kommen und mich sehr lange Zeit in den Klauen halten. Sie hält mich noch immer.

Die Tür wird langsam geöffnet ... Es ist März 2004 ...

1974 – Nach sehr glücklicher Kindheit und problemfreier Jugend – Schule beendet. Kein Zwang mehr. Realschulabschluss! Besser als gar nichts. Der Fleißige war ich noch nie. Ohne viel Lernen durchgemogelt. Hat fast immer geklappt. Okay. Im dritten Jahr Gymnasium stellte ich mit Entsetzen fest, dass Latein nur mit Talent allein nicht zu schaffen ist. Da sollte man schon seine Vokabeln können. Aber alternativ bleibt ja die Realschule. ***Geht doch!!!***

Mittelprächtiges Zeugnis. Was bleiben denn für berufliche Möglichkeiten? Der mit Talent gesegnete Handwerker bist du nicht – für den Friseur oder Designer nicht warmblütig genug. Banker. Klingt toll. Aber damals konntest du doch auch schon Dein Taschengeld nie richtig einteilen …

Also: Der Rattenfänger des Polizeipräsidiums kam ohne Anfrage vorbei und bot mir den Job des Polizisten an wie eine reife Frucht. Klingt gut: Anfangsgehalt monatlich 1000,– DM. Wo gibt es denn so was? Beim Vater Staat …

Die Verlockung war zu groß bzw. zwecks fehlender Alternativen die einzige Möglichkeit. Musste nicht eine Bewerbung schreiben, nicht ein Vorstellungsgespräch führen. Sofort einen Job. Klasse! Ich werde ein Bulle …

17-jähriger, schüchterner, damals noch schlanker, junger Mann absolviert ein halbjähriges Praktikum in einer Inspektion, da er für die bevorstehende Ausbildung noch etwas zu jung ist. Er darf als Achslastbeschwerer bei den „richtigen" Polizisten mitfahren und ein klein wenig reinschnuppern in den Alltag des Polizeieinsatzes. In Zivil und ohne Worte. Nur schauen und staunen. Sechs Monate lang.

Kaum zu glauben: Das macht ja wirklich Spaß. Wie die Menschen stramm stehen vor lauter Erfurcht vor der Uniform. Machtgefühl, ich grüße dich.

1975 – Es ist so weit. Noch mehr Doofe wie ich stehen vor der Polizeikaserne und bitten um Einlass. Langhaarige, Dicke, Dünne, Doofe – alles dabei. Alle sind geil auf die Ausbildung und die damit erhoffte Macht. Die Langhaarigen werden bald Kurzhaarige und die Dicken dünner. Die Doofen bleiben doof.

Man darf sich gar nicht vorstellen, dass diese Gestalten alle mal Polizisten werden könnten. Gruselig .

… Die Frau, die öffnet, ist noch jung. Sie ist äußerlich unverletzt, extrem ruhig und gefasst. Kein schnelles Atmen, kein ängstlicher Blick. Völlig untypisch für einen Familienstreit.

Das kann ja wohl nichts Wildes sein!

Die Anspannung, die sich vor dem Einsatz aufgestaut hat, löst sich. Gott sei Dank. Das Übliche – da sind keine größeren Probleme zu erwarten. Das dauert hier nicht lange. Routineeinsatz …

Der große braune Hund, den sie am Halsband hält, wirkt auch gelassen, täuscht Harmonie und Frieden vor. Er wedelt vor Freude mit seinem braunen, buschigen Schwanz … Nette Begrüßung! Hunde liebe ich ohne Ende.

„Kurzen Moment. Ich will nur schnell den Hund ins Bad sperren."

Auch dieser Satz kommt ohne Aufregung oder Emotion. Absolut untypisch. Der Gang vor der Treppe ist eng. Sehr eng. Mein kleinwüchsiger Kollege hat gerade noch Platz an meiner Seite. 182 cm und 85 Kilo brauchen eben Raum. Die unterstützenden Kollegen stehen am Treppenabsatz. Warten auf unsere Entwarnung:

"Danke Kollegen, wir brauchen euch nicht. Haben alles im Griff."

Routinemäßig ein Blick von außen in die Wohnung. Dunkel. Düster. Schummrig. Beleuchtung irgendwo im Hintergrund. Kein eigentlicher Flur. Offene Wohnung mit einem ca. 80 cm breiten Kaminabzug gleich rechts vom Eingang. Entfernung ca. 1,5 m. Daneben eine Essecke.

Keinerlei Beschädigungen oder Verwüstungen festzustellen. Kein umgeworfener Tisch oder Stuhl, kein zertrümmerter Fernseher, nicht mal der Hauch von Scherben auf dem Boden.

Wo bitte ist denn euer Streit???

Mit Wattebällchen geworfen? Mein Gott! Wieder solche Mitteiler, die bei jedem quer liegenden Furz die Polizei brauchen. Von eurer Sorte haben wir doch schon genug in unserer kleinen Stadt. Diesen Menschen sollte man den unnötigen Einsatz in Rechnung stellen. Nicht zu glauben.

Ganz hinten im Wohnzimmerbereich erkenne ich einen Mann am Boden sitzen. Hat fast eine Glatze. Spitzbart. Riesenschädel. Vor ihm ein kleiner Tisch, der ihn halb verdeckt.

Schaut schon etwas bedrohlich aus. Was soll's – der kocht auch bloß mit Wasser und sitzt nur blöd rum.

Bisher haben wir sie alle klein bekommen ... Und der ist ja schon klein, so, wie der dasitzt. Obwohl zu erkennen ist, dass er oben ganz schön breit ist. Mal lieber nicht zu schnell Entwarnung geben:

„Kollegen – wartet bitte noch etwas.
Das ist ein ganz schöner Bär!"

Sicher ist sicher. Auf die paar Minuten wird es den Kollegen wohl nicht ankommen. Liegt doch nichts anderes an. Der erholsame Montag ...

Die Frau kehrt ohne Hund aus dem links gelegenen Badezimmer zurück. Genauso ruhig, genauso gelassen. Nach außen völlig entspannt. Sie lächelt – die Frisur sitzt makellos.

Jetzt wird sie vermutlich gleich mitteilen, dass ihr dort hinten sitzender Freund oder Ehemann „Blöde Kuh!" oder „Dickes Ding!" zu ihr gesagt habe, und sie dies gerne anzeigen möchte ... Wieder ein Fall für den Papierkorb, auf den der Staatsanwalt nach kurzem Studium seinen Einstellungsstempel drückt. Nur ich habe wieder die sinnlose Arbeit zu verrichten. So ein Scheiß ...

Sie sagt aber kein Wort. Nicht eines. Ihre Geste, die uns zum Eintreten auffordert, wirkt elegant.

Mein Partner und ich betreten langsam die Wohnung. Der Kollege rechts am Kaminsims vorbei, ich links. Die beiden anderen, abmarschbereiten Kollegen warten vor der Eingangstüre, oberhalb der Treppe. Meine fast schon gelangweilte Frage:

„Was war denn los?!"

wird auf fürchterliche Art und Weise beantwortet …

Die große Freude bei der Ausbildung hat schon stark nachgelassen. Von wegen Bundeswehr gespart! Wir sollen tatsächlich drei Jahre in der Kaserne bleiben. Das mit den exklusiven Einzelzimmern stimmte auch nicht wirklich, ebenso wenig das tägliche 4-Gänge-Menü. Jeden Tag denselben Aufschnitt. Hängt schon zum Hals raus.

4-Mann/6-Mann und sogar 8-Mann-Zimmer. Einer schnarcht – einer stinkt – einer hat laufend Erektionen und macht schamlos an sich rum …

Irgend so ein Mensch mit höherem Rangabzeichen fordert, dass unsere Stube immer ordentlich sauber ist (seit wann sind 18-jährige junge Männer ordentlich?). Er möchte, dass wir stramm stehen, wenn er den Raum betritt, und eine ordentliche Meldung über den Zustand des Zimmers machen:

„Zimmer belegt mit 6 Mann – gelüftet und gereinigt"

Da hätte ich auch zum Bund gekonnt. So ein Schwachsinn.

Und die Schränke sollen gut sortiert und staubfrei sein, die Schuhe glänzend poliert und die Hose mit Bügelfalte … Wie bekomme ich in einen harten Kartoffelsack bloß 'ne Falte? Diese Filzhosen haben aber auch Vorteile: Das Rasieren der Beine kann man sich jetzt sparen. Nur die Haut wird langsam dünn.

Man wird in Gruppen, Züge und Hundertschaften aufgeteilt. Dementsprechend hat man einen Gruppenführer, Zugführer und Hundertschaftsführer. Alles streng nach Regeln. Man stelle sich ca. hundert junge Männer vor, die morgens beim Appell im Hof stramm stehen. Alle mit langen Hälsen, damit bloß kein Haar den Kragen berührt. Da sind kaum vorstellbare Typen dabei. Und alle in Kartoffelsäcken.

Das mit der Macht klappt hier auch nicht wirklich. Die einzig Mächtigen sind die jungen Ausbilder, kaum fünf Jahre älter als wir, die uns auf dem Hof herumhetzen und ihre Macht ausleben. ICH wollte doch Macht …

Das Schlimme daran ist, dass ein einfach strukturierter Mensch (das ist meine höfliche Formulierung für Personen mit einem IQ niedriger als ein Schafwollpullover) mit Macht ausgestattet etwas ganz Gemeines ist. Der lebt seinen Wahn auf Kosten anderer aus. Genießt es. Und von dieser Sorte gab es einige. Mit den normal intelligenten, menschlichen Ausbildern konnte man leben. Diese erkannten noch den jungen, ängstlichen Mann unter dem mit Bügelfalte verschönerten Kartoffelsack.

Die ersten Wochen der Grundausbildung sind hart. Fast identisch mit der Bundeswehr. Niederste Gangart. Mit der Nase im Dreck werden wir von unseren Ausbildern geschunden, gejagt, gequält und gepeinigt. Beim nicht enden wollenden Lauf rund um den Kasernenhof dann auch noch die überheblichen, arroganten Blicke der älteren Kollegen, die schon im zweiten oder dritten Ausbildungsjahr sind und schon einen Balken oben auf ihrer Schulterklappe haben. Wachtmeister oder gar schon Oberwachtmeister …

Wir hetzen im schnittigen Sportdress hechelnd Runde um Runde und können die Gedanken der Erfahrenen, die mit lächelnden Gesichtern aus den Fenstern schauen, nur erahnen:

„Kaum Haare am Sack, aber hier auf großen Polizisten machen. Lächerlich."

Schon frustrierend. Aber die Ausbildung lohnt. Die Muskeln werden härter, die Seele stumpft ab vor so viel Autorität …

Wir werden langsam Kampfmaschinen – durchtrainierte, bösartige Kampfmaschinen …

Einzige Entspannung ist der abendliche Gang in die Kantine. Viel Alkohol. Wer es noch nicht konnte, bekommt es gelernt. Auch der Straßenstrich in der Nähe ist praktisch. Wer es noch nicht konnte, bekommt es gelernt … Karten spielen um Geld. Wer es noch …

So wird man auf den rauen Alltag des Polizisten gnadenlos vorbereitet. Ach ja – lernen mussten wir natürlich auch. Gesetze – Paragrafen – Vorschriften … Ist schon eine harte Zeit mit vielen Prüfungen. Aber abends gibt's ja die Kantine. Auch in die Stadt trauen wir uns jetzt schon mal mit Kumpels. Bis zum Zapfenstreich. Wer es noch nicht konnte, bekommt es gelernt …

… Meine Frage ist noch nicht im Raum verklungen, als die sitzende Gestalt plötzlich und ohne Vorwarnung

ihren rechten Arm hebt, der sich vorher unter dem Tisch oder dem Oberschenkel befand, und ich mit Entsetzen in die große, runde Öffnung einer Schusswaffe blicke. Das silberne, glitzernde Teil hat für mich die Ausmaße einer mittelalterlichen, riesigen Kanone. Groß – glänzend – bedrohlich – tödlich

In den langen Dienstjahren hatte ich schon alle möglichen Einsatzgeschehen. Aber diese Situation ist mir vollkommen neu und erschreckend. Plötzlich und unerwartet an dem so ruhig geplanten Montag. Die Bedrohung durch eine Schusswaffe. Hatte ich noch niemals. In den dreißig Jahren wurden mir schon viele Waffen entgegengehalten. Aber eine Pistole war nicht darunter.

Wie reagiere ich in der für mich absolut ungewohnten, beängstigenden Lage? Dies haben wir nie trainiert oder geübt. Angst kann man auch nicht trainieren. Ich hatte noch nie Angst im Dienst. Diese Art von Angst auf jeden Fall nicht.

Todesangst!

Es ist unmöglich, dieses Stadium mit Worten auszudrücken. Auch als Mensch, der dies am eigenen Leib erfahren musste. Wie will man die Panik, die Angst vor dem eventuell nahenden Tod, die grenzenlose Furcht in Worte fassen?

Menschen, die die gleiche schreckliche Erfahrung machen mussten, verstehen sich, wissen, wie der Leidensgenosse sich gefühlt hat. Ohne Worte. Ausdrücken ist unsagbar schwer, meist unmöglich.

Ich muss mit Entsetzen feststellen, dass es hier nicht um eine banale Beleidigungsanzeige geht. Es wird gleich um mein Leben gehen. Das hier hat ein ganz anderes Kaliber. Ungeahnte, niemals gewollte Dimensionen. Die große Erregung, die ich bei der Frau so vermisst habe, stelle ich jetzt fest. Aber leider bei mir. Darauf habe ich keinen Einfluss. Es geschieht einfach. Eine fürchterliche Mischung aus Erregung – Panik – Todesangst …

Meine Nackenhaare stehen bis an die Decke – das Adrenalin spritzt unkontrolliert in großen Bögen aus meinen Ohren. Gänsehaut am ganzen Körper. Angst pur. Aber die Reaktion kommt automatisch und richtig. Mein Schrei, als Warnung für die Kollegen:

„Vorsicht – der hat ne Knarre!!!"

Wohin mit meinem großen Körper? Weg aus der Schusslinie! Schnellstens! Der sitzt nur wenige Meter entfernt und zielt auf mich. Gnadenlos und ohne Worte. Mit diesem riesigen Teil. Wohin soll ich nur? **Ausgang?** *Viel zu weit …* **Der Kaminsims!!!** *Gleich schräg hinter mir. Aus hartem Beton, der jede Kugel abhalten kann! Ich brauche Deckung – sofort! Sonst wird die Kugel gleich in meinen Körper einschlagen.*

In Gedanken sehe ich schon die helle Mündungsflamme aus seiner Waffe schlagen. Dieses Feuer, das ich sonst immer nur von der anderen Seite beobachten konnte. Beim Abfeuern meiner eigenen Waffe auf dem Schießstand. Da musste ich nicht in die riesige, tödliche Öffnung blicken, die gerade auf mich gerichtet ist. Eine völlig andere, nie gekannte Variante …

Ich schaffe es irgendwie hinter den schützenden Wall. Aber warum so wenig Platz? Wie kann sich ein zwergwüchsiger Kollege nur so dick machen? Er steht an meiner rechten Seite. Hatte wohl dieselbe Idee. Nur – hier ist extrem wenig Platz!

Selten geübt, springt die Dienstwaffe mit genau der richtigen Drehung aus dem Holster in meine zitternde Hand. Die Griffsicherung drückt sich fast von allein. Hätte ich nicht gedacht, dass im Einsatz unter extremer Aufregung und nie gekannter Angst der Griff so perfekt klappt. War auch noch niemals nötig. Sie fühlt sich kalt und fremd an. Kann sie nicht einen Augenblick ruhig halten. Zu hoch ist der Puls, der sich im ganzen Körper bemerkbar macht. Mein ganzer Körper bebt.

Automatisierung.

Was nützt die Waffe in meiner Hand, wenn ich nichts sehe? Nichts bis gar nichts. Eher gar nichts. Ich will nicht mit dem Kopf aus der Deckung, aber ich muss. Dann nur mit einem Auge …

Es kostet unheimliche Kraft und Überwindung, die schützende Deckung zu verlassen. Wenn auch nur mit einem ganz kleinen Teil des Kopfes. Gerade so viel, dass ich sehen kann, wie groß die Bedrohung noch ist. Es hilft aber nichts. Stehe hier herum wie ein Blinder ohne Stock. Ein Blinder, der gleich mehr verlieren wir, als sein Augenlicht. Sein Leben …

Er sitzt wie in Stein gehauen und streckt mir wortlos seinen Arm mit dem Mörderinstrument entgegen. Die Situation hat sich nicht geändert. Gleiche Stellung wie noch vor fünf Sekunden. Kommt mir jetzt schon vor wie eine Ewigkeit. Was mache ich denn jetzt? Verdammte Scheiße ...

Warum habe ich gerade heute meine Schutzweste nicht an? Warum nicht? Warum? Zu bequem, die paar Schritte in den Keller zu gehen, um die Weste aus dem Schrank zu holen. Du faules Schwein. Du blöder Sack. Das hast du nun davon.
  Dafür hat sie uns unser Arbeitgeber zur Verfügung gestellt. Genau für Einsätze dieser Art. Sie soll ein Projektil abhalten. Auch wenn sie unbequem und eng ist. Nur hängt sie gerade jetzt unbenutzt in meinem so weit entfernten Schrank. Ich bin so ein Arsch!

Ein dünnes Hemd und die Lederjacke sind mein einziger Schutz gegen ein eventuell einschlagendes Projektil ... Das ist einfach zu wenig. Es wird nicht reichen. Selbst schuld. Meine Faulheit wird gleich bestraft.

Keinerlei Erfahrungswerte, auf die ich zurückgreifen könnte. Mit solch einer Situation wurde ich noch niemals konfrontiert. Ich stehe zitternd hinter dem kalten Beton des Kamins, bin völlig hilflos und überfordert. An meiner Seite der Kollege, dessen spürbare Angst mich von der Seite anspringt. Gnadenlos überfordert. Beide. Zwei erfahrene, altgediente Polizisten, die keine Ahnung haben, wie der Einsatz bewältigt werden kann. Ohne Verluste. Wie soll das jetzt noch gehen???

Meine Gedanken rasen. Ein sinnloser Einfall nach dem anderen. Ich hatte das noch nie. Was kann ich nur tun? Warum ich?

Halte mit beiden Händen krampfhaft meine Waffe und strecke sie dem Mann entgegen. Dazu muss ich noch mehr aus der Deckung, einen weiteren Teil meines ungeschützten Körpers zeigen. Was soll ich denn jetzt nur machen? Ich habe noch niemals auf einen Menschen geschossen. Und ich will das auch nicht. Kann das nicht. Meine verkrampften Hände sind eiskalt, obwohl es extrem warm ist in der kleinen Dachwohnung. Ich würde so gerne mit eingequetschtem Oberkörper hier stehen. Unbequem und eng unter meiner Schutzweste, die so schwer zu tragen ist. Aber dafür ist es jetzt zu spät. Sie hängt nutzlos weit entfernt. Keiner kann sie mir bringen. Schutzlos, aber bequem, leide ich hier. Ich bin so ein Idiot!!!

Wird der Einschlag sehr wehtun? Leidet man unsägliche Qualen? Oder bin ich gleich tot? Ohne Weste wird es vermutlich ganz schnell gehen.

Ich will es nicht wissen!

Es hat doch früher auch immer geholfen, mit dem Gegenüber zu reden. Damit wurde schon so manche gefährliche Situation entschärft.

Ich kann nicht reden. Mein Mund ist so trocken wie die Wüste. Die Zunge gelähmt. Mein Hals pulsiert. Unfähig, einen klaren Satz zu formulieren. Die Gedanken in meinem Schädel sind nicht zu kontrollieren. Achterbahnfahrt im panischen Hirn.

Was könnte ich ihm auch schon sagen? Welche Worte findet man in solch einer Extremsituation, in der meine Angst bereits jetzt bodenlos ist?

*„Mach' doch keinen Blödsinn!
Lass uns doch erst mal eine
rauchen und reden …"*

??????????????

Mir fallen keine Worte ein. Bin wie erstarrt und stumm. Nicht fähig mich zu artikulieren. Verständlich …

Aber dieser sitzende, mit irren Augen blickende Mensch erweckt auch nicht den Eindruck, dass er mit mir reden will. Er stiert nur und ist still. Schaut über seine silberne Waffe hinweg genau in mein Gesicht. Bemerkt meine Panik. Mein Zittern.

Er wirkt geradezu ruhig, gelassen. Als wäre sein Handeln gut durchdacht und als verfolge er einen genauen Plan. Das übermächtige Gefühl des absoluten Kontrollverlustes wächst unaufhörlich. Nicht ich bestimme das Geschehen, sondern der Koloss. Das Gefühl trügt nicht:

Diese Situation habe ich nicht mehr unter Kontrolle!

Das ist solch ein Scheißgefühl. Hilflosigkeit. Panik. Wut. Angst. Ein Wirrwarr von allem. Nicht mit Worten zu erklären. Auf die unvermeidliche Aktion des Gegenübers warten zu müssen. Mit der ständigen Befürchtung im Hinterkopf, diesen Einsatz eventuell nicht zu überleben. Ich habe jetzt das Gefühl, als würde ein heißer Lavastrom meinen Körper durchfließen. Kurz vor dem Siedepunkt. Innen. Außen wie ein Eisblock.

Zieht jetzt gleich mein bisheriges Leben an meinem geistigen Auge vorbei? Dass ich nicht lache! Vor lauter

Panik habe ich dafür keine Zeit. Ich habe gerade jetzt kein geistiges Auge. Nur eines, das aus der Deckung schauen muss, um den Gegner zu beobachten. In das er mir jeden Augenblick schießen kann …

Wir befinden uns nun im zweiten Ausbildungsjahr und sind schon so richtig alte Hasen. Neben uns „Frischlinge", kurz vorher angekommen, die ja von nichts, aber auch gar nichts, eine Ahnung haben. Aber die lernen es auch noch … Wir haben ja alle mal klein angefangen. Bei den ehrfürchtigen Blicken dieser neuen Kollegen wachsen wir alle noch ein bisschen. Ihr lernt es auch noch, ihr Bubens …

Wir schauen überheblich aus den Fenstern, sehen die „Frischlinge" mit heraushängenden Zungen um den Hof hetzen und haben nur einen Gedanken:

***„Schaut sie an, die haarlosen Säcke …
Keinen Darm im Leib …"***

Heute Abend geht es mit den alten Einsatzhosen, in denen Kollegen stecken, auf Faschingssitzung. Die haben reichlich Taschen an allen möglichen Stellen (nicht die Kollegen, sondern die Hosen), und da passt jede Menge Bier rein (auch in die Kollegen). Sei sparsam – sagte schon die Mutti …

Mein Gott – da gibt's aber jede Menge toller Mädels hier. Der Tisch da drüben ist wirklich edel. Und die süße Blonde mit den großen Tüten. WOW!!!

Diese Tüten bzw. deren Trägerin wurde ein halbes Jahr später meine erste Ehefrau. Es war ja auch langsam Zeit zum Heiraten. Als alter Hase in Uniform. Gerade eine Woche 20 Jahre alt. Und wenn wir nun dabei sind, machen wir Nägel mit Köpfen: Wir schwängern die Ehefrau gleich oder schwängern sie, bevor sie Ehefrau wird ist doch eigentlich egal. Schwanger ist schwanger …

Nur traurig, dass die alten Polizeihasen nun im dritten Ausbildungsjahr die Kaserne wechseln und weit weg müssen. Aber so eine zukünftige Wochenendehe ist ja bestimmt auch was Feines. Die Frau ist ja schließlich alt genug, um alle Formalitäten zu erledigen, die man so zum Ehe schließen braucht. Mit 18 sollte man so weit sein.

… Wohin könnte ich mich verkriechen? Ich will meinen blöden Schädel nicht in die Schusslinie halten. Aber ich muss … Ich muss Scheiße – ich muss …

„Knarre weg!!! Knarre weg!!!"

Mein Schrei – mein Befehl – mein Flehen – meine Hoffnung Keine Reaktion. Dieser Sack sagt nicht mal einen Ton. Glotzt nur mit stumpfem, starrem Blick. Und die Mündung wird immer größer. Er wirft seine Waffe nicht weg. Senkt sie nicht um einen Millimeter. Bitte – wirf sie weg!

BITTE!!!

Ich will nicht schießen! Ich kann nicht schießen!!! Die Freundin des Mannes steht panisch an der Wand und schaut mit großen, ungläubigen Augen. Sie kann das Geschehen ebenso wenig begreifen wie ich. **Wirf sie weg!!!** *Ich muss schießen – ich muss jetzt schießen.*

**Ich will nicht sterben –
nicht heute, nicht hier und nicht so …**

Warum gehorcht mir mein Zeigefinger nicht? Schieß doch endlich, bevor er es tut! Schieß! Nein – die Frau könnte gefährdet werden. Du könntest sie treffen. Deine Hand zittert ohne Ende. Dein Arm – dein ganzer Körper. Du kannst keinen kontrollierten Schuss abgeben.

Rede es dir nur ein, du feige Sau. Du hast Angst auf einen Menschen zu schießen!

Das ist die Wahrheit!

Bei den regelmäßigen Übungen auf dem Schießstand hast du doch auch getroffen. Hast dem Mann aus Pappe in der geübten Notwehrsituation Paroli geboten. Ohne Probleme. Aber auch ohne Zittern und Panik. Nur dieser Riese ist nicht aus Pappe.

**Fleisch und Blut. Ein Mensch.
Aber ein Bewaffneter …**

Vor meinem Pappkameraden hatte ich niemals Angst … Er hatte auch keine solchen wahnsinnigen Augen. Stumpf und leer. Tote Augen …

Ich bin plötzlich ganz allein in dieser düsteren Wohnung. Habe kein Empfinden mehr für die anderen Anwesenden. Kein Streifenpartner, keine Frau, kein gewalttätiger Riese.

Es hat sich alles reduziert auf mich und diese übergroße Mündung. Der Beginn eines traurigen, verzweifelten Zwiegespräches.

Es geht nicht! Nun sitze ich in einer Zwickmühle, in einer aussichtslosen Situation, aus der es kein Entkommen gibt. Gefangen. Ich bin handlungsunfähig. Kann nicht schießen, nicht flüchten, nicht reden, nicht denken, kaum atmen. Nehme nur noch die riesige Mündung wahr, die auf meinen Kopf zielt.

ICH WERDE JETZT STERBEN!

Keine Möglichkeit, es zu verhindern oder abzuwenden. Zum Zuschauen verdammt. Ich erwarte den schmerzhaften Einschlag. Jede Sekunde …

Er wird mich gleich in den Kopf treffen oder auch in den kleinen Teil meines Oberkörpers, der hinter dem Kamin zu sehen ist.

**Kollege – mach' doch etwas
mehr Platz für mich. BITTE!**

Jetzt passiert es. Ich sehe Bewegung. Gleich wird er die riesige Waffe mit der noch größeren Mündung ablegen und aufgeben. Endlich! Was für ein Glück, dass ich nicht vorher geschossen habe! Er gibt auf!

NEIN – NEIN – NEIN!

Er denkt gar nicht daran, aufzugeben. Er steht auf. Legt die Pistole nicht auf den Boden. Hält sie krampfhaft. Senkt den Arm nicht um einen Millimeter.

Verändert nicht die Richtung. Sie zielt auf meinen Kopf.

Ich kann das nicht mehr ertragen, halte diese Qual nicht mehr aus. Meine Anspannung kann nicht mehr weiter steigen. Habe den Grenzbereich schon längst überschritten.

Mit gestrecktem Arm kommt er auf mich zu. Extrem langsam. Der muss fast zwei Meter groß sein! Ein Riese – ein bewaffneter Goliath mit wahnsinnigen Augen. Die Waffe genau auf meinen Kopf gerichtet …

Er nähert sich unaufhörlich …

Jetzt bin ich Ehemann. Einer der jüngsten in meiner Hundertschaft. Soll ich jetzt stolz sein? Glücklich? Traurig? Verzweifelt? Oder gar verantwortungsvoll?

Und bald Vater … Wo ist meine Jugend hin, die ich noch gar nicht angefangen habe zu leben? Wo sind die vielen Frauen, die ich noch beglücken wollte? Eingefangen im Ring an meinem Finger … Meine Freunde fangen an zu leben in der fremden Stadt. Wo ist mein Leben? Das kann es doch nicht gewesen sein.

Ich habe eine wunderschöne, liebevolle und liebenswerte Frau geheiratet. Diese Frau habe ich nicht verdient. Oder jetzt noch nicht Ich bin noch nicht so weit.

Sie schenkt mir eine wunderschöne, schwarz gelockte Tochter, die viel zu bald auf die Welt kommt und viele Wochen im Brutkasten um ihr Leben kämpft. Sie ge-

winnt den Kampf und wird nun bald 30 Jahre alt …
Sie ist noch immer wunderschön. Ich bin ein stolzer,
aber selten guter Vater …

Die Ausbildung hat Früchte getragen. Habe alle Tests
und Prüfungen mit dem mir eigenen System bestanden. Nur das Nötigste tun und mittelmäßig bestehen.
Hat geklappt. Ist für den damaligen jungen Mann
ohne Ehrgeiz ein geiles Ergebnis.

Ich bin ein Polizist!

Dem kleinen, schwarz gelockten Bündel verdanke ich
es, dass ich an den Standort komme, den ich mir gewünscht habe. Familienzusammenführung. Die vielen anderen Kollegen müssen in die Großstädte, weit
weg von zu Hause. Das ist ein Vorteil dieser frühen
Ehe …

Jetzt bin ich so ein richtiger Beschützer. Werde auch
langsam zum Mann. Schwarze Haare, blaue Augen,
schlank, 65 Kilo und Charme ohne Ende … Nur was
nützen die heißesten Blicke anderer Frauen? Ich bin
doch verheiratet und Vater …

Bei der „richtigen" Polizei ist das Leben schon anders.
Man geht nicht mehr mit hundert Kollegen zum Einsatz, sondern nur mit einem. Ist wirklich komisch.
Ungewohnt. Auch die Arbeit ist eine ganz andere.
Wir tragen auch keine Kartoffelsäcke mehr. Richtige
Hosen.

Und ich kann heimkommen, wann ich will. Keine
Kaserne – kein Stubendurchgang. Keine Meldung

im Streifenwagen: Wagen gelüftet und gereinigt! Hat schon was, das neue Leben.

Habe jetzt auch mit meiner Familie eine kleine Wohnung. Kindergeschrei und Windeln wechseln. Was braucht ein junger Mann mehr?

Ich habe diese wunderschöne Ehefrau wirklich geliebt! Ebenso das kleine, schreiende Bündel. Hatten sehr glückliche Phasen in unserer so langen Ehe. Schon damals musste man nicht wegen einer Schwangerschaft heiraten. Ich wollte sie als Partnerin und Frau. War stolz auf meine kleine Familie.

Aber das brennende Gefühl, etwas versäumt zu haben, die Verlockungen, denen andere Männer widerstanden, und mein labiler, unsteter Charakter brachten diese Ehe zum Scheitern. Trotz Liebe, trotz zweier Kinder …

Für den guten Kontakt, den ich zu meinen beiden erwachsenen Töchtern jetzt habe, ist einzig und allein diese liebe Frau verantwortlich, die trotz größter Enttäuschung bei den Kindern niemals schlecht über den treulosen Ehemann sprach.

Sie hat ihre Wut nicht an den Kindern ausgelebt. Nicht gelästert über den Mann, der es so verdient hätte.

Jetzt nach so vielen Jahren haben wir wieder einen sehr guten Kontakt und behandeln uns mit großem Respekt und verbliebener Zuneigung. Aber ständig der Gedanke in meinem Kopf, dass ich dieser Frau so wehgetan habe …

Wir hatten nie Streit über Besuchsrechte, Unterhaltszahlungen oder die üblichen rechtlichen Belange, die so viele über die Anwälte ausfechten. Wir nahmen uns zusammen einen Anwalt und trennten uns in Frieden. Obwohl ich dies nicht verdient hatte.

Wenn meine finanzielle Lage sich in den nächsten Jahrzehnten mal in die andere, ungewohnte Richtung ändern sollte, werde ich an diese Frau denken, damit sie sich einen lang gehegten Wunsch oder Traum erfüllen kann. Das hat sie verdient ohne Ende. Mehr als jede andere Frau auf dieser Welt …

… *Jetzt muss ich schießen. Ich habe keine Wahl. Wenn ich leben will, muss ich jetzt den Finger krümmen. Oder ich ergebe mich in mein Schicksal. Todesangst in schärfster Form. Nie gekannt. Schrecklich und brutal.*

**ICH KANN NICHT
DEN FINGER KRUMM MACHEN!!!**

Es geht nicht! **Dann wirst du hier und jetzt sterben!** *In dieser Phase der Todesangst schaltet mein Hirn auf Notstrom und reagiert automatisch. Ich habe keinen Einfluss mehr. Ohne Möglichkeit des überlegten Handelns. Notprogramm!*

Ich hatte lange genug Zeit, vorher zu handeln. Bewusst zu handeln. Jetzt ist es damit vorbei. Die einzige und letzte Chance verspielt. Selber schuld …

ANGST! TOD! ANGST! TOD!

Ich lebe noch! Dann schieß doch endlich! Er ist noch vier Meter entfernt – Panik. Flucht. Scheiß auf die Schusslinie – nichts wie raus hier. Ich kann nicht schießen. Panik – Angst – Erwartung des Einschlages der Kugel in meinen zitternden Körper.

Raus aus der Wohnung!

Ich muss hier weg. Sofort. Kann nicht handeln, nicht agieren. Flüchte – flüchte ganz weit weg. Schnell. In dieser Wohnung wirst du sonst dein Leben lassen. Renne … durch die gefährliche Schusslinie.

Die kurze Strecke bis zur Tür fliege ich fast. Unkontrolliert ohne Steuerung meines Gehirnes. Geht von allein, ohne die Möglichkeit des überlegten Handelns. Spüre die Mündung zwischen meinen Schulterblättern.

Ich bin draußen – geschafft. Kein Einschlag oder Schmerz im Rücken oder Hinterkopf. Oder habe ich ihn nur nicht gespürt? Vor lauter Angst? Nein – ich spüre nichts.

Ich lebe lebe lebe … Draußen steht mein anderer Kollege. Verwirrt, ohne Kenntnis, was in der Wohnung geschieht. Er sieht mich panisch aus der Tür stürzen. Keine Zeit für Fragen – keine für Antworten. Bin nicht fähig, auch nur ein Wort zu sagen. Er hält seine Waffe in der Hand. Hat keine Ahnung, was sich in der Wohnung bereits abspielte. Hörte nur meine Warnung.

Kurz vor der Treppe – vor der Rettung –

Renne doch, du Blödmann –, renne nach unten …

Der erste gesteuerte Gedanke nach der Flucht: Mein Zwergenkollege!!! Der steht doch noch hinter dem Sims und hat nicht mal gesehen, dass der Riese auf ihn zukommt. Ist ebenso wie ich völlig überfordert und ahnt nichts von der tödlichen Gefahr, die gleich vor ihm auftauchen wird …

Nur zur Anmerkung: Die Beschreibung meines Kollegen ist keinesfalls böse gemeint. Er ist eben etwas klein. Das gleicht er jedoch mit einer sehr großen Klappe wieder aus. Ist ein ganz lieber und zuverlässiger Kollege. Nennen wir ihn einfach Gustav …

Mein Gustav steht noch dort, ahnungslos, verängstigt, und ich bin schon fast auf dem Weg nach unten. Ich müsste nur die erste Stufe nehmen. Den Rest würde ich fliegen. Höre den Ruf der sicheren Straße. Folge ihm – renne! Du hast genug ausgehalten! Angst ade … Dort wartet das Leben.

NEIN!

Ich kann nicht! Meine Beine verweigern den ersten Schritt zur Treppe. Es wäre so einfach. So verlockend. Aber unmöglich: Feige sein geht nicht. Das ist Ehre unter Kollegen. Niemals einen im Stich lassen. Ich mache auf dem Absatz kehrt, ein letzter sehnsüchtiger Blick zur rettenden Treppe, und laufe in die Wohnung zurück. Gustav würde das Gleiche für mich tun. Ganz sicher!

Dies hat mit Mut nicht das Geringste zu tun. Das geschieht automatisch. Ohne lange nachzudenken. Kollegenehre – für einen guten Freund, der meine Unterstützung und Hilfe braucht und auch erwartet …

Ich habe in den langen Monaten und Jahren danach oft gegrübelt, wie es mir gehen würde, wenn ich meine Flucht vollendet und vielleicht Gustav die tödlichen Schüsse abgegeben hätte.

Würde ich mich wohler fühlen? Könnte ich mich noch im Spiegel betrachten? Könnte ich mit dem Hohn und Spott der Kollegen leben? Könnte ich mit meinem eigenen Versagen zurechtkommen? Ein Versagen, das mir unter Umständen das Leben gerettet hätte? Die wahnsinnigen Vorwürfe, falls Gustav ums Leben gekommen wäre, während ich die letzten Stufen ins Leben nehme. In mein feiges Leben.

Ich weiß es nicht.

Aber es ist müßig, darüber zu philosophieren oder nachzudenken. Ich kann es nicht mehr ändern! Es geschah so und nicht anders. Und das war gut so.

Mein Handeln war richtig. Egal, wie schmerzhaft und weitreichend die daraus resultierenden Konsequenzen waren und noch immer sind. Ich würde es wieder so machen!

Jeder anschließende Blick in den Spiegel wäre bei falscher Entscheidung ein Graus gewesen. Ein Leben als Feigling und Versager kann es nicht sein. Versagt habe ich in meinem Privatleben oft genug …

Wir haben überlebt. Beide!!!

An der Wohnungstüre sehe ich den Riesen vor meinem kleinen Gustav stehen.

David und Goliath.
Wahnsinn!

Ein so grotesker Anblick. Sie stehen schräg links am Kaminsims. Die Waffe hält der Riese nun gesenkt rechts am Bein. Er hat die Waffe wirklich gesenkt!!! Nach so langer Zeit. Endlich! Wir überleben! Alle …

Jetzt hast du verloren, du Drecksack!

Das war dein erster und letzter Fehler! Ich renne auf beide zu. Der Weg ist nur scheinbar kurz. Wir werden uns die Waffe greifen, Gustav! Dann hat er ausgespielt!

Dieses gemeinsame Einschreiten haben wir schon öfters praktiziert. Du unten – ich oben. Es ist gleich vorbei und die Angst wird weichen.

Bevor ich angekommen bin, tritt der Bewaffnete plötzlich zurück, hebt erneut und blitzschnell seinen Arm. **NEIN!** *Die Waffe ist auf Gustav gerichtet. Aus ca. 1 m Entfernung.*

Es ist so nah. So bedrohlich. So tödlich.

Meine eben genährte Hoffnung fällt abrupt in sich zusammen wie ein schiefes, instabiles Kartenhaus. Nur viel schneller. Und dramatischer … Mit großer Angst, die nicht weichen will und weiterwächst …

Wie viel Angst kann ein Mensch aushalten? Wie viel kann **ich** *noch ertragen?*

Ich kann dir nicht helfen, Gustav! Du stehst mir im Weg. Du stehst jetzt zwischen mir und dem Riesen. Ich habe panische Angst. Nicht nur um mich, auch um dich … Er ist so groß, so gewaltig, so kalt …

Du warst doch schon fast auf dem Weg nach unten, du Hirn! Wärst du doch gerannt … Hast deine einzige Chance verspielt. Lieber ein lebender Feigling als ein toter Held! Ich bin kein Held. Kein bisschen. Aber gleich werde ich tot sein. Egal ob Held oder Feigling:

Tot ist tot.

Es wäre so einfach gewesen. Würde schon die kalte Nachtluft in meinen Lungen spüren. Würde einen möglichen Schuss nur aus weiter Entfernung hören. Gerettet! Gerettet!

Diese Rettung ist auf einmal so weit entfernt wie der Mond. Viel weiter …

Jetzt steckst du wieder bis zum Hals in der Scheiße. Wohin jetzt? Keine Kontrolle über meinen Weg. Mein panisches Hirn entscheidet erneut allein – ohne mich. Daran kann man sich nicht gewöhnen. Hilflos. Ein Ausgeliefertsein – nie gekannt vorher. Unvorstellbar!

Die absolute Hilflosigkeit ist erschreckend und niemals erlebt. Die Erkenntnis, dass diese Angst immense körperliche Schmerzen verursachen kann, die ich gerade aushalten muss, ist neu und furchtbar. Bin doch äußerlich völlig unverletzt! NOCH!!! Wie lange noch? Der Schmerz der einschlagenden Kugel kann nicht schlimmer sein, als der, den ich gerade verspüre. Unmöglich.

Ich laufe hinter meinem Kollegen erneut in Richtung Kaminsims. Deckung. Brauche ganz dringend Deckung. Ich will nicht sterben!

Du bist mir ein schöner Held! Panisch – außer Kontrolle und gleich mausetot …

EIN SCHUSS!!!

Es wurde geschossen! Laut wie ein Donnerhall. **NEIN!!!** *Ich schaue im Laufen über die Schulter – mein Gustav fällt nach hinten auf den Rücken. Seine Waffe noch in der Hand. Weitgeöffnete, gepeinigte Augen. Der Riese steht noch – die Pistole in der Hand. Kein Zeichen von Schwäche oder Aufgabe. Das ist doch nicht richtig, Gustav: Du bist doch David. Goliath hat zu fallen. Nicht du! Hilf mir doch, David!!! Der Arm schwenkt nun wieder in meine Richtung Todesangst!!!*

Gustav ist tot – ich bin der Nächste …

Lass mich die Zeit zehn Sekunden zurückdrehen. Dann laufe ich ganz bestimmt nach unten. Versprochen. Ohne Umkehr. Ich möchte so gerne ein Feigling sein, ein lebender. Halte das hier nicht mehr aus. Habe meine Grenzen schon vor vielen Sekunden überschritten. Mein Schädel platzt gleich.

Jetzt werde ich hingerichtet!

Ich sehe den Henker, gebeugt über sein erstes Opfer und das nächste bereits im Visier … Ohne den Hauch von Gnade.

Mein erster Mentor und Lehrmeister bei der Landespolizei war ein altgedienter Haudegen, der mir alles beibrachte, was ich heute kann. Er hieß Fritz und ist seit vielen Jahren in seinem wohlverdienten Ruhestand. Fritz – du sollst hundert Jahre alt werden. Er war der Meister der Formulierungen. Jeder Einsatz, auch wenn noch so klein, wurde dokumentiert in einer Form, bei der Johannes Mario Simmel und auch der Herr Oberstaatsanwalt vor Neid erblassen würden (rechtlich exakt – ausführlich ohne Ende – Absicherung pur). Alle Eventualitäten und Möglichkeiten wurden zu Papier gebracht und penibel niedergeschrieben. Dieses Motto habe ich mir bis zum heutigen Tage beibehalten und bin immer richtig gefahren. Fritz sei Dank.

Die erste Streife werde ich niemals vergessen: Noch älterer Haudegen als Fritz. Kurz vor der Rente. Samstagnacht. Streife in der Innenstadt. Im kleinen Einsatzwagen sitzt hinten ein Hüne von einem Schwarzen in wirklich edler Uniform – US-Militärpolizei. War so eine Zeit, als die US-Soldaten in unserer Kleinstadt öfter Ärger machten. Aus diesem Anlass verstärkten uns die Militärpolizisten.

Der kleine Mike (das bin ich – zwischenzeitlich sagt nur noch meine Mutter Michael zu mir oder meine Lebensgefährtin, wenn sie Streit mit mir hat) sitzt aufgeregt am Steuer des Streifenwagens, mit einem riesigen schwitzenden Schwarzen auf der Rückbank und einem Opa auf dem Beifahrersitz. Erste Streife bei der richtigen Polizei. Kurz vor Mitternacht die Aufforderung des Großvaters, kurz in der Seitenstraße zu halten. Habe ich was falsch gemacht? Feuchte Hände

Keine Sorge – der alte erfahrene Kollege kennt sich aus mit der Logistik … Die große braune Tasche zwischen seinen Beinen hat mich von Anfang an irritiert. Sie wird geöffnet und eine Flasche Bier erscheint. Sie hat ein kurzes Leben. Öffnen – ansetzen – Durst – leer … „So – jetzt kannst du weiterfahren!" Ach so geht das bei der „richtigen" Polizei … Ich weiß bis heute noch nicht, wer erstaunter war: Der farbige US-Militärpolizist oder der junge unerfahrene, aber sehr lernwillige Anfänger. LOGISTIK!!!

Die ersten schönen Erfolge kommen genauso wie die ersten Leichen. Stunden nach der Tat wird ein US-Soldat, der im Park eine deutsche Frau äußerst brutal vergewaltigt und fast tot geprügelt hat, von uns festgenommen, nur weil er sich umdrehte, als wir im Streifenwagen an ihm vorbeifuhren. Weit weg vom Tatort und auch schon die Tatkleidung gewechselt. Die feinen Haare auf meinem Unterarm, die sich stellten, als der Blick des Täters kam. Dieses Schwein wurde Monate später vom amerikanischen Militärgericht zu einer langjährigen Haftstrafe verurteilt. Die äußeren Zeichen der Tat waren bei der Frau noch immer zu sehen. Von den psychischen ganz zu schweigen.

Das ist Polizeiarbeit. Der Moment, in dem du deinen Beruf über alles liebst. Erfolg. Gerechtigkeit.

Die Lebensrettungsmedaille, die ich zusammen mit zwei Kollegen von unserem berühmtesten bayerischen Ministerpräsidenten Franz-Josef Strauß persönlich in München überreicht bekam, nachdem wir im Winter bei zwei Grad Wassertemperatur einen Lebensmüden aus unserem Hochwasser führenden Fluss gerettet hatten.

Sehr schwieriger, gefährlicher Einsatz, bei dem ich fast selbst ertrunken wäre. Zur Rettung konnte ich nicht sehr viel beitragen. War schon extrem kalt in den Fluten und die Situation spielte sich unmittelbar vor der tödlichen Schleuse ab.

Aber auch die schlimmen Zeiten lernt man schnell kennen. Leichen in allen Variationen. Diese toten Menschen ziehen sich durch die ganzen Jahre des Polizeidienstes. Erhängte, Wasserleichen, zerfetzte Körper auf den Gleisen, bis zur Unkenntlichkeit verkohlte Fleischklumpen und Menschen, die eines natürlichen Todes starben, aber erst Tage oder Wochen später entdeckt werden. Die Maden, die ihr Werk bereits vollendet haben. Der Leichengeruch, der erst Tage später nicht mehr auf der Zunge brennt.

Das kleine, rußgeschwärzte Bündel, das der Feuerwehrmann aus dem brennenden Haus zum Sanka trägt. Wir waren die ersten am Brandort. Hörten das leise Wimmern aus dem ersten Stock. Aber es war uns nicht möglich, ohne Atemschutz dorthin zu gelangen. Hilflosigkeit. Wut. Doch dieses Baby hat überlebt.

Das Unfallopfer, das vor deinen Augen im eingeklemmten Wagen verbrennt, und deine Feuerlöscher des Dienstwagens, die bereits leer sind. Trauer, Wut, Machtlosigkeit – Schicksal … Wäre ich Friseur geworden, müsste ich nicht in die schmerzverzerrten Augen des Eingeklemmten schauen.

Jedoch das Schlimmste, was ein Polizist zu tun hat, ist die Überbringung einer Todesnachricht. Einzige Tochter, 19 Jahre alt, auf der Autobahn in einem anderen Bundesland tödlich verunglückt. Morgens um 4.00 Uhr der Auftrag von den fremden Kollegen. Verständigt doch bitte die Angehörigen …

Was sind die richtigen Worte, die man finden oder wählen kann, um Eltern diese schreckliche Nachricht zu überbringen? *Es gibt sie nicht*! Für diese Situation gibt es niemals die richtigen Worte.

Der Notarzt, der vor dem Haus in Bereitschaft steht, unterhält sich leise mit dem Seelsorger. Beide werden gleich dringend gebraucht.

Die Mutter, die an meinem Hals hängt, mich nicht loslässt und ständig fragt:

„Warum?"

Ihr Sohn wurde kurz vorher von uns erhängt in der Küche gefunden. Halb sitzend am Türgriff. Als ich auf die im Treppenhaus wartende Mutter zugehe, brauche ich nichts zu sagen. Worte sind überflüssig. Sie sieht es mir an. Schluchzend fällt sie mir um den Hals. Auch meine Augen werden feucht. Ich kannte weder ihn noch sie. Mitgefühl.

Extrem schwierige Momente im Leben des Polizeibeamten.

All diese schrecklichen Sachen erlebt jeder Kollege im Laufe seiner Dienstjahre häufig. Er muss aber ein System entwickeln, dass er diese Bilder, Gedanken und Gerüche in der Dienststelle lässt, wenn er nach Feierabend aus der Wache tritt. Denn sonst kann dich dieser Beruf zerstören.

Es fällt oft sehr schwer und gelingt nicht immer.

… Zwischen mir und dem Mörder ist nur noch der Kaminsims. 80 cm Beton zwischen Leben und Tod. Die Hand mit der Waffe verschwindet aus meinem Sichtfeld. Ganz langsam – wie in Zeitlupe. Er läuft rückwärts. Verschwindet hinter dem kalten Stein. Genauso kalt muss mein Herz sein.
Kälter – viel kälter!

Gustav ist tot tot tot …

Konnte ihm nicht helfen – konnte ihn nicht retten. Ich bin ein Versager! Hätte in der Wohnung bleiben müssen, dann würde er noch leben … Oder gleich schießen müssen. Mit dieser Schuld muss ich nicht lange aushalten, denn in Kürze bin ich auch tot. Es ist mir egal. Der Tod kann nicht schlimmer sein als das, was ich gerade aushalten muss. Warum war ich kein Feigling?

Ein letztes Aufbäumen. Die restliche Kraft, die noch vorhanden ist.

Ich will nicht sterben!

Am Kaminsims ist er jetzt vorbei. Der Arm mit der Waffe dreht sofort in meine Richtung. Aus kürzester Distanz schaue ich in die Mündung. Groß und schwarz wie ein Ofenrohr. Aber weitaus gefährlicher. Tödlicher.

Ich sehe kein Gesicht, keinen Körper, keine Regung. Nur dieses fürchterliche, große, todbringende, schwarze Loch, das mich gleich aufsaugen wird ...

Todesangst, lass mich doch endlich in Ruhe!

Bringen wir es endlich hinter uns. Ich lasse es geschehen! Es geht nicht mehr. Meine Kraft ist aufgebraucht. So viel kann kein Mensch aushalten. Es ist mir unmöglich zu schießen und ich bin bereit für den Tod. Gib' mir meinen Frieden und erlöse mich von dieser nie gekannten Angst ... Selbst der Tod kann nicht schlimmer sein.

Es ist nicht so, wie man es oft im Fernsehen sieht oder in den Zeitungen liest:

Dein ganzes Leben läuft in Gedanken an dir vorüber!

Ist alles nur Mist. Meine Panik und Angst sind so übermächtig, dass es mir unmöglich ist, an schöne Zeiten der Kindheit oder Jugend zu denken. Es spult sich kein Film ab, der schöne Erinnerungen weckt.

Wer dies in die Welt gesetzt hat, war noch niemals in der extremen, angsterfüllten Situation des bevorstehenden, gewaltsamen Todes.

Wie soll sich mein gepeinigtes Gehirn jetzt von der riesigen Mündung ablenken lassen und abschweifen in schöne Gedanken? Frauen, Kinder, Party ...

Das ist unmöglich.

Jedenfalls bei mir. In diesen Sekunden meines nahen Todes denke ich überhaupt nichts. Mein Schädel ist leer und kein bewusst gesteuerter Gedanke hat eine Chance. Luftleerer Raum. Aufgeladen mit reiner Elektrizität.

Mein Körper leidet unsägliche Schmerzen, ohne eine äußerliche Verletzung erlitten zu haben. Das Gefühl, als ob jeden Augenblick der Schädel auseinanderspringt. Presslufthammer im Kopf.

Nie gekannte oder vorstellbare Qualen …

Kann mir auch nicht vorstellen, dass der Fallschirmspringer, dessen Schirm sich nicht öffnet, in der langen Phase bis zum tödlichen Aufprall schöne Momente Revue passieren lässt. Das weiche Liegen im Bett oder auf der Couch …

Ist doch paradox, wenn er genau weiß, dass er in ein paar Sekunden wie eine Bombe auf dem harten Boden aufschlagen und wie eine überreife Melone zerplatzen wird. Man kann sie eben nicht mehr fragen, ob es so war oder nicht.

Aber ich glaube mal eher nicht …

… Es ist doch noch Leben in mir. Ein kleiner Rest, der nicht sterben will. Ich gebe nicht auf. Gustav – du bist nicht umsonst gestorben! Ich kämpfe weiter. Keine Ahnung, woher die Kraft kommt. Ich schreie noch mal:

„Knarre weg oder ich schieße!!!"

Warum schieße ich denn nicht? Wie oft willst du denn noch rufen? Er wirft seine Waffe bestimmt gleich weg. Er muss sie wegwerfen. Er muss … Warum habe ich seit so vielen Sekunden die Hoffnung, dass er aufgibt und seine Waffe niederlegt, ohne dass ich auf ihn schießen muss? Wunschdenken??? Keine Ahnung …

Er geht weiter, ganz langsam rückwärts, bleibt stehen, ist jetzt 2 bis 3 m entfernt und macht keine Anstalten die Waffe zu senken. Mein Entscheidungsspielraum wird immer kleiner und geht Richtung null. Die Mündung hat eine unvorstellbare Größe erreicht. Sehe keine Hände, keinen Kopf, keinen Körper, keine Wohnung – nur dieses fürchterliche Loch.

Sterben oder leben … leben oder sterben …

Die Entscheidung wird mir von meinem Hirn abgenommen. Es will LEBEN!!!

Gustav ist schon tot. Mein kleiner Gustav mit der großen Klappe liegt tot am Boden. Er ist still, so still. Ich konnte dir nicht helfen.

Mein Finger krümmt sich endlich von allein und der Schuss verlässt meine Waffe. Spüre die Erschütterung, als der Schlagbolzen auf die Patrone trifft, zündet und das Projektil den Lauf verlässt. Dieser Einsatz dauert für mich schon eine scheinbare Ewigkeit. Keine Sekunden oder Augenblicke. Viel zu lange. Ich werde nicht sterben, denn gleich schaue ich nicht mehr in das Ofenrohr!

Warum reagiert er denn nicht? Warum steht er noch, groß wie ein Baum? Warum sehe ich keinen Einschuss?

Warum fällt er nicht? Warum erkenne ich kein Blut? Warum ist die Mündung in meinem Auge noch immer so groß? So viele unbeantwortete Fragen … Warum – warum – warum …

Das ist doch nicht möglich … Das gibt es nicht …

Ich habe doch um mein Leben gekämpft, nicht aufgegeben und endlich geschossen. Es sollte doch jetzt vorbei sein! Schlussgong! Ende und aus!

Was läuft hier schief? Was soll ich denn noch machen? WAS??? Meine Kraftreserven sind aufgebraucht. Es geht nicht mehr. Er ist doch aus Fleisch und Blut …

Die Logistik hat sich bei mir zwischenzeitlich auch verfeinert. Dank meines sehr guten Bärentreibers. So heißen die alten Hasen, die die jungen Kollegen in der Anfangszeit am Arm zur Toilette und zum Streifenwagen führen und aufpassen, dass nichts schief läuft. Weder im Wagen noch auf der Toilette. Ist alles geregelt bei der Polizei. Der lebte gerade in Scheidung. Von ihm erfuhr ich, dass dies bei Polizisten normal ist, mindestens einmal geschieden zu sein. Ach so. Na dann.

Ich bin ja noch immer Ehemann. Vermehrt habe ich mich auch noch mal. Eine zweite Tochter, die ebenso hübsch und niedlich war und auch noch ist wie ihre Schwester. Nur der Vater wurde immer ungeduldiger und fängt langsam an, seinen eigenen, falschen, betrügerischen Weg zu gehen.

Der erste Seitensprung ist nicht so einfach. Wenn das schlechte Gewissen einen beim Aufschließen der

Wohnungstür plagt. Befriedigt, aber nicht glücklich. Übung macht den Meister. Und ich werde ein Meister des Betruges. Worauf ich wahrlich nicht stolz sein muss. Nachgeholte Jugend …

Ärmliche Ausrede!

1985 – Ende mit Uniform. Zivilfahnder heißt der neue Job. Da brauchen sie Kollegen, die selbst aussehen wie Ganoven oder Zuhälter. Rumtreiber und Fremdgänger. Nennt sich „Zivile Einsatzgruppe".

Mike – das ist doch dein Job … Nur Nachtdienst in Zivil. Freiheiten ohne Ende. Logistik ist wichtig!!! Mein alter Bärentreiber ist auch schon dort. Er ist jetzt schon geschieden und stürzt sich gerade das zweite Mal ins Unglück. So ein Depp. Zweimal den gleichen Fehler. So doof möchte ich sein …

Dieser Dienst ist ein ganz anderer. Mehr Spannung, Action. Aber auch Langeweile. Oft sitzen wir nächtelang im kalten Auto auf dem großen Parkplatz, um endlich den Autoknacker zu fassen. Klappt nicht immer.

Nach geraumer Zeit kennt man in seiner Kleinstadt viele der Ganoven. Ob Dealer, Einbrecher oder sonstige dubiose Gestalten: Wenn sie nachts durch die Straßen schleichen, heften sich die Zivilfahnder an ihre Fersen.

Ausgerüstet mit Nachtsichtgeräten, verdeckten Funkanlagen betreiben wir das Katz- und Mausspiel, bis wir sie erwischen.

Der Park, in dem im Sommer die Kiffer ihren Joint reinziehen, ist ebenso bekannt wie die Diskothek, auf deren Parkplatz mal gerne die Wunderpillen den Besitzer wechseln. Wir machen unsere Festnahmen, holen unsere uniformierten Kollegen und übergeben die Übeltäter. Dann wird später von uns eine schriftliche Stellungnahme gefertigt und der arme Kollege der Streife oder bei größeren Delikten der Mann von der Kripo bearbeitet den Fall.

Wir sind nur dafür da, Festnahmen zu machen. Ist schon ein geiler Job. Aufreißen und die Arbeit abgeben.

Viele uniformierte Kollegen sind verständlicherweise nicht gut auf uns zu sprechen. Wenn wir früh um 4.00 Uhr nach einem Aufgriff eine Streife benötigen, die dann auch noch die Arbeit machen muss, kann man dies nachvollziehen. Aber wir machen nur den Job, für den wir uns viele Nächte um die Ohren schlagen.

Wir sind ja schließlich auch die ausgewählten Spezialisten. Ausgesucht aus dem reichhaltigen Pool der Trachtengruppe.

Ein Vorfall wird mir ewig im Gedächtnis bleiben und noch meine Enkel erfreuen:

Ein Jäger hatte im Wald seines Reviers ein sehr großes Cannabisfeld entdeckt. Aus den getrockneten Blättern bastelt man sich später dann die dicke Tüte. Nennt man weiche Droge oder Joint …

Da aber der Anbauer gefasst werden sollte, wurde dieses Feld rund um die Uhr von uns observiert. Die Fachleute unter euch werden wissen, dass so eine Plantage viel Liebe und noch mehr Wasser braucht, damit die Pflanzen weit über zwei Meter hoch wachsen können.

Mein Partner und ich sollten die Kollegen ablösen, die bereits seit vielen Stunden vergeblich auf den Hobbygärtner warteten.

Wir stehen nun während der Ablösung inmitten dieser wirklich wunderschön gewachsenen Marihuanaplantage. Um uns herum lauter über zwei Meter hohe Gewächse. Da hatte einer wirklich ein gutes Händchen. Mein Streifenpartner lässt seinen Blick schweifen, schaut sich neugierig um und fragt dann ernsthaft:

„Wo ist sie denn nun, die Plantage?"

Unser Gelächter war so weit zu hören, dass es uns auch in der Folgezeit leider nicht gelang, den Übeltäter dingfest zu machen. Diese Story musste sich der Kollege sehr lange anhören. So viel zum Thema SPEZIALISTEN!

Derartige ungewöhnlich verlaufende Einsätze hatte Sigurd, so heißt der Spezialist, häufiger. Bei der Observation einer Demonstration vor unserem Kernkraftwerk war er zusammen mit einem Kollegen der Kripo eingeteilt. Aus Gründen der Tarnung kletterte er auf einen nahe gelegenen Jägerhochstand, um die kleine Zahl der friedlichen Demonstranten zu beobachten.

Erwähnen sollte ich vorher noch, dass Sigurd ein kleiner Waffennarr und Überlebenskünstler ist. Eigene Schusswaffe und scharfe Messer in allen Größen und Variationen. Rambo für Arme …

Da auf diesem Hochstand ein Ast die Sicht auf die drei Demonstranten einschränkte, ließ er es sich nicht nehmen, sein Messer, das die Ausmaße einer Machete und die Schärfe eines Skalpells hatte, einzusetzen. Beim Versuch jedoch, den Ast fachgerecht zu entfernen, rutschte er ab und hätte es fast allein geschafft, sich die Hand zu amputieren. Er war anschließend eine Zeit lang im Krankenstand.

SPEZIALISTEN!

Ist jedoch ein sehr guter Freund und Kollege, der auch zu meiner Umzugstruppe gehörte. Von ihm bekommt man bei Bedarf das sprichwörtlich letzte Hemd. Hilfreich, großzügig und immer für den Eintritt des 3. Weltkrieges gerüstet …

Eine letzte Story von ihm, die in seiner Freizeit geschah, löst noch immer Lachsalven aus:

Eines Tages erhielt er von seiner Ehefrau (die hat er jetzt auch nicht mehr – ist auch geschieden … den Auftrag, im Keller der Eigentumswohnung Streicharbeiten durchzuführen. Da Polizisten gewohnt sind, Anweisungen sofort und korrekt zu befolgen, strich er fleißig seinen Keller. Da seine Ehefrau aber gleichzeitig Nahrung zubereitete, hatte man ausgemacht, dass sie die Sicherung herausdreht, wenn das Essen fertig ist. Sigurd hatte die Streicharbeiten gerade erfolgreich beendet und reinigte seine Pinsel. Dafür nimmt der normale Mensch eine leicht brennbare Flüssigkeit. Wir gelernten Maler gebrauchen dazu Terpentin. Während des Reinigungsvorganges erlosch nun plötzlich das Licht, da die Frau die bevorstehende Essensaufnahme mitteilen wollte. Anschließend vergaß sie aber leider die Sicherung wieder einzuschalten.

Da Sigurd nun im dunklen bis ganz dunklen Keller stand, zückte er sein Feuerzeug, um etwas Licht ins Dunkle zu bringen und nach seinen Pinseln zu sehen, die aber leider noch im Terpentin lagen.

Die folgende, logische Verpuffung überstand er mit leichteren Verletzungen. Kleine Verbrennungen und großzügige Entfernung der Gesichtsbehaarung. Seine kleine Rauchvergiftung erklärte er damit, dass er ja nicht aus dem Keller konnte, da sonst das ganze Haus verräuchert worden wäre. Deshalb habe er das winzige Kellerfenster geöffnet und sein haarloses Gesicht hinausgestreckt.

Sigurd live …

Einmal im Jahr treffen sich die Kollegen aller Zivilen Einsatzgruppen Bayerns zu einem privaten Treffen. Nennt sich Erfahrungsaustausch. Geht über zwei Tage. Bierzelt, Gaudi, Spiele, Musik und Tanz. Wenn ein normaler Mensch nachts um zwei in dieses Zelt schaute, wäre er jede Wette eingegangen, dass hier die Insassen einer Justizvollzugsanstalt ihren Freigang ausleben.

Langhaarige, Tätowierte, Gepiercte … Fast 300 Chaoten vor dem Herrn. ABER – alles Polizisten. Tarnung ist alles …

Meine Ehe ist auch nicht mehr die beste. Sehe meine Ehefrau oft tagelang nicht. Sie tagsüber auf Arbeit – ich nachts. Dann will ich in meiner Freizeit doch mal mit den Kumpels um die Häuser; den Sport möchte ich nicht unbedingt vernachlässigen und meine wechselnden Verhältnisse wollen ja auch befriedigt werden.

Was bin ich nur für ein rücksichtsloser, egoistischer Drecksack!!! Ein Scheißehemann – ein Scheißvater – ein Vergnügungssüchtiger – ein Lügner und Betrüger …

Aber es macht doch so einen Spaß, dieses wilde Leben! Eine geduldige Frau, die nichts ahnt oder ahnen will. **Das hält noch ewig**!

Arschlecken – ewig …

1991 – Meine Ehefrau hat die Schnauze voll. Sie packt mir meine Koffer, als ich wieder mal früh um halb acht heimkomme. Sie schickt mich mit den Worten weg:

„Gehe genau dorthin, wo du gerade hergekommen bist!"

Das mache ich dann auch. Habe ja keine Wahl. Sie ist aus dem Osten und hat einen Sohn. Sie wird meine nächste Lebensgefährtin.

Ich bin einfach ein Charakterschwein!

Ich werde die Tränen in den Augen meiner Kinder niemals vergessen, als ich ihnen sagen musste, dass ich ausgezogen worden bin. Selber schuld. Verzeih mir, liebe Ehefrau. Das hast du wirklich nicht verdient. Es tut mir wahnsinnig leid!

Meine Eltern leiden mit. Sie lieben ihren missratenen Sohn, aber auch die Schwiegertochter und natürlich die Enkel. Fünf Tage später stirbt mein geliebter Vater beim Telefongespräch mit meiner Ehefrau an einem Herzinfarkt. Er war gerade mal drei Monate in Rente und wollte jetzt anfangen, sein Leben mit der Frau zu genießen. Ich sah ihn noch tot im Flur liegen. Diesen Anblick und die grenzenlose Verzweiflung meiner Mutter werde ich niemals vergessen.

Meine schwerbehinderte Mutter bleibt alleine zurück und macht ihrem Sohn in der Todesnacht fürchterliche Vorwürfe. Er habe den Tod des Vaters auf dem Gewissen … Schlimme Zeiten für den kleinen Michael. Selber schuld …

Diese harte Aussage hat sie später mit großer Reue revidiert. Sie bleibt trotzdem ganz hinten in meinem Gehirn verankert. Vielleicht hatte sie ja recht …

Die herzensgute Frau, die sich sicherlich auch einen anderen, normalen Sohn gewünscht hätte, wie z. B. einen Gehirnchirurgen oder Chefpiloten, unterstützt ihren Sohn in den vielen Jahren danach mit allen Kräften. Ob moralisch oder finanziell. Gibt ihm eine Bleibe, wenn er wieder mal keine Wohnung hat. Bekocht und verwöhnt ihn.

Ohne diese Mutter würde ich schon seit langer Zeit unter einer Brücke wohnen (vermutlich mit einer zahnlosen, übel riechenden Leidensgenossin) oder wäre noch tiefer in der Erde allein …

Sie gibt dem Missratenen jegliche Unterstützung, die man sich vorstellen kann. Sie hält zu ihm, baut ihn auf, gibt ihm Kraft und Geld, trotz seiner zahlreichen Fehler und Schwächen. DANK an die beste Mutter der Welt!!!

… Ich schieße wieder. Höre den überlauten Knall. Er quält meine Ohren. Keine Reaktion. Die riesengroße Mündung ist mitten in meinem Auge.

Was soll ich denn noch machen? Das gibt es doch nicht. NEIN! Beim dritten Schuss sehe ich den Riesen wanken. Warum senkt er seinen Arm nicht? Ich habe doch getroffen. Er muss fallen – er muss! Warum? **Ich will nicht sterben.** *Vierter Schuss – er fällt nicht! Zielt weiter mit seinen wahnsinnigen Augen auf mich. Fünfter Schuss …*

Jetzt fällt er zu Boden. Langsam, ganz langsam. **Der Arm senkt sich.** *Noch im Fallen zielt er auf mich. Die Waffe fällt ihm nach endlos erscheinender Zeit aus der Hand und bleibt links neben seiner Hüfte liegen. Das übermächtige Loch zielt nicht mehr in mein Gesicht, saugt mich nicht mehr auf. Kein flammender Mündungsblitz hat es verlassen.*

ICH LEBE LEBE LEBE …

Automatisch laufe ich zu ihm, nehme die Waffe und lege sie weg auf eine entfernte Sitzbank. Ferngesteuert. Kraftlos. Gepeinigt.

Sie ist schwer – sehr schwer – der Hahn ist noch gespannt.

Mein toter Gustav liegt am Boden. Große Augen, Waffe im Schoß. Keine Reaktion. Warum konnte ich ihm nicht helfen? Ein Versuch:

„Gustav, wo hat er dich getroffen? Wo?"

Der Kollege vor der Tür ist jetzt auch in der Wohnung. Er hatte keine Chance in das Geschehen einzugreifen. Gustav ist stumm. Starrt nur an die Decke. Nach endlosen Sekunden ein leiser, kaum zu hörender Satz:

„Ich bin nicht verletzt!"

Gott sei Dank. Er lebt. Gustav ist nicht tot. Und ich auch nicht. Ich stehe jetzt in der rauchgeschwängerten Wohnung herum wie Falschgeld. Kann nicht helfen, kann mich nicht bewegen, kann kaum atmen. Meine Gedanken rasen.

Ich merke jetzt und hier in diesem Moment, dass ich doch gestorben bin in der kleinen Dachwohnung. Nicht durch den Einschlag einer Kugel. Anders. Wer überlebt hat, ist nicht der Mike von früher. Es wird mir bewusst, dass ich mein erstes Leben soeben beendet habe. Im Alter von 46 Jahren. So jung gestorben. Viel zu bald … Er hatte noch so viele Pläne. Wir werden ihn nie vergessen …

Der Mann, der hier und jetzt steht und vergeblich um seine Fassung ringt, ist ein anderer …

Zu viel ist zerstört worden durch die panische Angst und die viel zu lange dauernde schreckliche Situation. Das kann mein Gehirn niemals verkraften.
Die für mich ewige Zeit weit über dem roten Grenzbereich war zerstörerisch. Das kann niemand aushalten. So stark ist kein Mensch. Ich schon gar nicht.

Der Mann lebt noch – stöhnt vor Schmerzen. Seine Freundin ist wieder aufgetaucht. Hatte sich in der Küche in Sicherheit gebracht. Sie hat seinen Kopf im Schoß und schreit hysterisch.

Es ist laut – mir dröhnt jeder Schrei in den Ohren, die noch von den Schüssen in der engen Wohnung gepeinigt sind. Bin unfähig, auch nur einen Schritt, eine Bewegung zu machen. Stehe nur bewegungslos im Raum. Neben dem Kaminsims. Meiner Deckung. Die mir bedingt geholfen hat. Körperlich.

Die Verstärkung wird gerufen – der Notarzt – alle nötigen Stellen verständigt. Ich kann mich noch immer nicht regen. Kann nicht nach dem Mann schauen. Bin wie versteinert. Er wird vom Kollegen versorgt. Ich kann nicht. Mein Körper scheint gelähmt. Auch mein Geist …

Warum? Es ist doch vorbei! Du stehst hier, lebst und atmest. Gustav steht auch wieder. Bleich – sehr bleich. Es müsste doch langsam nachlassen. In meinem Kopf hämmert es unentwegt weiter. Bum bum bum. Kaum auszuhalten.

RAUS – ich muss raus aus der Wohnung.

Der Verletzte blutet. Die Frau schreit ununterbrochen. Er stöhnt vor Schmerz. Das Funkgerät gibt keine Ruhe. Mein Kopf auch nicht. Absolutes Durcheinander.

Die Panik ist jetzt eine andere. Ohne konkrete Bedrohung oder greifbare Gefahr. Genauso schrecklich, unaufhaltsam. Das halte ich nicht mehr aus …

Ich stürme nach unten auf die Straße in den Schnee. Bekomme noch immer keine Luft. Der Hals ist wie zugeschnürt. Die Beine weich wie Gummi. Ohne Kraft. Mein Körper bebt in seinem Innersten.

Den Weg, den ich Sekunden vorher nehmen wollte …
Jetzt haben die Stufen ihren magischen Reiz verloren. Sind nur Verbindungen zwischen den Stockwerken. Mehr nicht. Führen nur nach unten – weg vom Lärm, den ich nicht mehr aushalten kann. Zum dringend benötigten Sauerstoff, nach dem meine Lungen und mein Hirn schreien.

Zünde mir mit zitternden Händen eine Zigarette an. Habe fast keine Energie, daran zu saugen. Chaos auf der Straße.

Anwohner – Kollegen – Sanka – Notarzt …

Ich kann nicht atmen … Bin wie betäubt. Mein Kopf ist voller Watte. Kein Gedanke. Spüre keine Kälte von außen. Aber von innen frisst sich das Eis durch und durch. Ich sterbe noch immer … Langsam und qualvoll. Es lässt nicht nach …

Die Fragen der vielen eintreffenden Kollegen kann ich nicht beantworten. Höre sie wie aus weiter Ferne. Halte meine Zigarette mit kalten Fingern. Hole schon die nächste aus der Packung. Lasst mir meine Ruhe!

Will nur rauchen und innerlich erfrieren!

Mein Gustav steht neben mir. Auch zitternd – ebenso rauchend. Warum lebst du eigentlich noch??? Er hat dich doch erschossen! Ich habe den Schuss gehört und dich fallen sehen. Du bist mir ein schöner David …

Mensch Gustav – ich habe dich noch nie so gerne gesehen wie gerade jetzt! Dich und deine große Klappe, die so lange still war … Diese fürchterliche Stille, die man gerade von dir nicht kennt.

Der Riese hat nicht geschossen, sondern Gustav. Er hat ihn aber verfehlt und sich vor Panik nach hinten geworfen, um weit weg zu kommen von der so nahen, schrecklichen Waffe.

Der Schuss ging links an dem Mann vorbei in den dahinter stehenden Kühlschrank und hat ein Ei erlegt.

Wenigstens etwas!

Ach Gustav – wenn du getroffen hättest, wäre mir soviel erspart geblieben …

Seit jener Nacht hänge ich Gustav ab und zu ein Ei an sein Fach. An einem langen Faden. In unterschiedlichen Farben und Größen. David und sein Ei! Ist nicht böse gemeint! Er verzeiht mir diesen schlechten Scherz.

Galgenhumor …

Später wird mir von meinen Psychologen erklärt, dass Gustav keinen Einfluss auf sein regloses Liegen hatte. Das sei schon in der Steinzeit so gewesen!? Sie erläutern dies immer mit dem Beispiel des Säbelzahntigers. Wenn dieser dem Steinzeitmenschen gegenüberstand, hatte der Neandertaler drei Möglichkeiten:

1. Flucht!
Rennen was das Zeug hält, um sein Leben zu retten.

2. Angriff!
Mit der Steinaxt immer feste auf den Schädel.

3. Tot stellen!
Wenn keine Flucht mehr möglich ist und die Axt weit entfernt, ganz hinten in der Höhle liegt …

Genau diese 3. Alternative wählte Gustav (nur waren sogar damals schon die Neandertaler größer).

Aber nicht er traf diese Entscheidung, sondern sein vor Angst geplagtes Gehirn. Er hatte keinen Einfluss darauf. Als er wie eine Schildkröte auf dem Rücken lag, hätte der Riese alles machen können, ohne dass Gustav in der Lage gewesen wäre, zu handeln oder zu reagieren. Eine Erstarrung, die nur sein Gehirn wieder lösen kann. Niemand sonst. Erschreckend …

Klingt schon komisch. Ist aber ein Überbleibsel aus der Steinzeit … So wurde es mir von den Fachleuten erklärt. Und die wissen ja, wovon sie reden. Einige wenigstens – nicht alle!

Gustav hat auch niemals abgestritten, dass er große Todesangst verspürte. Verständlich, wenn man sich vor Augen führt, dass er aus noch kürzerer Entfernung in die Mündung schauen musste. Ohne diese Angst wäre er auch vermutlich nicht in diese Starre verfallen.

Aber ich kann es einfach nicht begreifen, dass er die Tage, Wochen, Monate und Jahre danach keine Probleme mehr hatte. Keine Schlafstörungen, keine Widerhallerinnerungen, keine Panikattacken, keinerlei Probleme bei anschließenden dienstlichen Gewalteinsätzen. Dieses Abschalten seines Gehirnes war sicherlich hilfreich und der Grund für sein problemloses weiteres Leben. Beneidenswert!

Er hat den Kampf gegen seinen Säbelzahntiger gewonnen ... Meiner hat riesige Ausmaße angenommen und wächst weiter. Verfolgt mich Tag und Nacht ohne Gnade. Und meine Axt liegt in der Höhle ...

Warum ich und nicht er? Ich bin doch fast einen Meter größer als Gustav! Und ich leide, während er friedlich schlummern kann und seinen Dienst ausübt, wie in alten Zeiten. Das menschliche Gehirn ist so komplex und nicht zu verstehen. Es spielt also keinerlei Rolle, ob man groß, klein, dick oder dünn, clever oder doof, mehr der Stille oder einer mit großer Klappe ist: Erfahren wird man es erst, wenn man in diese spezielle Lage kommt.

Obwohl ich davon überzeugt bin, dass eine sehr große Klappe schon hilft, dies leichter zu verarbeiten. Und man sollte nicht allzu groß sein ...

Ich habe jetzt ein neues Hobby außer Fremdgehen und Ehefrauen verletzen: Operationen! Lege mich seit einigen Jahren regelmäßig ins Krankenhaus. Bin nervenkrank … Wusste ich eigentlich schon immer! Nein. Es werden ständig Nerven an meinen Händen und Armen verlegt. Trage so oft Gipsverbände, dass mich die Leute ohne fast nicht mehr erkennen. Ständige Lähmungen machten dies erforderlich. Aber nicht wie bei normalen Patienten nur einmal. Wenn schon, denn schon. Allein an den Armen und Händen wurde ich sechsmal operiert. Der Chefarzt der Neurochirurgischen Abteilung unseres Krankenhauses ist schon mein Freund. Nach acht Operationen, die er an mir vollbrachte, fast normal. So einen treuen Patienten hatte er noch nie. Bin eben doch „anders". Dann noch zusätzlich kleinere Arbeiten an den Ellenbogen und dem Daumen. Bin ständig aufgeschnitten. So ein Hobby kann einen ganz schön beschäftigen. Und Probleme an der Halswirbelsäule kündigen sich auch schon an. Die drei Operationen an den Bandscheiben werden folgen. Aber: **Geht doch!**

Das neu gebaute Haus meines befreundeten Physiotherapeuten habe ich vermutlich ganz allein finanziert. Es ist kein kleines Haus. Sei ihm gegönnt. Matze ist ein Könner auf seinem Gebiet, der meinen maroden Körper immer wieder herstellen kann. Bedingt …

Vor allem fehlt es mir an der Zeit, die ich brauche, um meine vielen Nebentätigkeiten auszuüben. Möchte nicht, dass meine Kinder durch die vielen Fehler ihres Erzeugers Not leiden müssen. Also zahle ich reichlich Unterhalt. Ohne Klagen und Murren. So viel Charakter habe ich noch. Geht nur mit Nebenjobs. Heizung ablesen – Kunstfelsen ausfahren.

Würde auch meinen Körper verkaufen, aber erstens bin dafür zu müde, und zweitens wäre vermutlich nicht viel zu verdienen mit dieser Baustelle …

Das Leben ist in dieser Phase meines Lebens schon hart:

Nachtdienst bis halb fünf früh – duschen in der Dienststelle – rauf auf den Laster und bei Schnee und Eis mit Hänger rauf nach Oldenburg zum Abladen. Zurück wie ein Blöder ohne Rücksicht auf Geschwindigkeitsbeschränkungen oder die aufkommende Müdigkeit. Die nächsten Ganoven wollen doch schon wieder observiert werden. Mit schweren Augenlidern, die ständig nach Schlaf schreien.

Reichlich Zigaretten und noch mehr Kaffee. **Geht doch!** Tausend Kilometer …

Wagen abliefern und ab zum nächsten Nachdienst. Wer braucht schon Schlaf? Keine Sau!

Mein bester Freund gibt mir die Möglichkeit Geld zu verdienen. Seine Kunstfelsen sind der Renner. Auch Heizung ablesen bei 30 Grad im Schatten macht Laune. Das Hochhaus hat doch nur 14 Stockwerke. Schlappe neun Stunden und schon fertig. Ruckzuck …

Mir bleibt kaum noch Zeit oder Kraft meine wieder erlangte Freiheit mit den Kumpels und den Frauen auszuleben. Warum mache ich diese ganze Scheiße überhaupt? Meine Kinder sollen später mal nicht allzu schlecht über ihren Vater urteilen. Und finanziell überleben will ich doch auch. Ohne den Hauch von Luxus – nur überleben …

… Er lebt noch! Hat drei Treffer im Bauchbereich. Habe wirklich zweimal nicht getroffen. Aus dieser kurzen Entfernung. Nicht zu glauben. Aber verständlich bei dieser unendlich zitternden Hand.

Er wird es überstehen. Er **MUSS** es überstehen. Er redet noch in der Wohnung mit dem Kollegen:

„Macht mich doch platt!"

Was ist das denn für eine Aussage? Er kommt sofort ins Krankenhaus und wird notoperiert. Wir werden in der Dienststelle betreut. Die verständigten Vorgesetzten sind hier und auch Andrea, die Seelsorgerin des Polizeipräsidiums, ist eingetroffen. Lauter verlegene Gesichter. Wir brauchen diese Leute dringend.

Unsere Waffen werden sichergestellt, der Alkotest durchgeführt. Habe kaum Luft zum Pusten. Normale Vorgehensweise bei Fällen dieser Art. Hat man in seinem früheren Leben schon mal gehört.

Mein Mitteilungsdrang ist enorm. Es will raus. Es muss raus. Gustav geht es genauso. Aber von ihm ist man das ja gewohnt …

Ich konnte nicht anders. Er hat mich dazu gezwungen.
Obwohl jedem Polizeibeamten eingetrichtert wird, dass er in solch einer Situation überhaupt nichts sagen

sollte. Durch den Schock und die Anspannung könnten falsche oder missverstandene Aussagen gemacht werden, die man später bei einem möglichen Verfahren gegen ihn verwenden könnte.

Hört sich gut und vernünftig an, ist aber nicht einzuhalten. Dafür hätten sie uns beide allein einsperren oder knebeln müssen. Es sprudelt wie ein Wasserfall. Ständig wiederholen wir unsere Sätze. Nicht zu beeinflussen. Auch unser oberster Boss scheint dies zu bemerken und zieht uns aus dem Verkehr.

Es geht in sein Büro im zweiten Stock. Das „Heiligtum" der Polizeidirektion. Nur er, die Seelsorgerin, Gustav und ich. Der Direktor hat kürzlich das Rauchen aufgehört. Sein Zimmer ist raucherfreie Zone. Bis heute Nacht. Gustav und ich qualmen ihm die Bude voll. Mit zitternden Händen. Er ist einverstanden. Hat Verständnis und würde bestimmt jetzt auch gern eine seiner geliebten Pfeifen aus dem Regal holen. Auch er hatte solch eine Situation noch nicht. Er unterstützt uns sehr einfühlsam, auch ohne Erfahrungswerte.

War ein sehr guter Chef, der uns leider kürzlich verlassen musste. Versetzung. Ihm wurde sehr Unrecht getan. Nennt sich Politik.

… Die eingetroffenen Kollegen der Kripo teilen uns nach kurzer Besichtigung des Tatortes mit, dass der Täter **KEINE** scharfe Waffe hatte. Dieses silberne Mörderteil war eine originalgetreue Nachbildung – eine Schreckschusswaffe … ein Spielzeug???

WAS???

Die ganze Todesangst umsonst??? Warum??? Warum wirft dieser Hirsch seine Waffe nicht weg, spätestens nachdem Gustav auf ihn geschossen hat? Er selbst weiß doch, dass er keine scharfe Waffe hat. Wir wussten dies nicht.

Was ist das nur für ein kranker Mensch? Warum lässt meine Panik nicht nach? Habe ich einen Wehrlosen angeschossen? Fragen über Fragen, für die es keine Erklärung gibt.

Konnte doch nichts passieren … Jetzt ist es zu spät. Die Todesangst hatte mich in den starken Krallen und lässt mich einfach nicht mehr los. Was soll ich nur machen???

Die Vorgesetzten und die Seelsorgerin haben ihre Arbeit getan, gut und mitfühlend. Sie sind gegangen. Es ist 5.00 Uhr. Gustav und ich dürften jetzt den Dienst beenden. Aber was soll ich jetzt zu Hause? Ich kann nicht ins Bett. Meine Freundin braucht ihren Schlaf für den 10 Stunden-Arbeitstag. Wir entscheiden uns zu bleiben. Die betretenen Mienen der Kollegen sind fast nicht mehr auszuhalten.

Wie würde ich mich als Unbeteiligter in dieser Situation den Kollegen gegenüber verhalten, die so ein Erlebnis hatten? Keine Ahnung! Hatte ich auch noch nicht.

Nur ich erlebe diese Situation im Moment. Und die Erfahrung machen wir gerade. Unheimlich. Innerhalb kürzester Zeit von der lauten, lustigen Wache mit gut gelaunten Kollegen zur Friedhofsidylle … Traurige Mienen und völlige Stille.

Ich sitze in der dunklen Wache. Muss jetzt allein sein, kann nicht mehr reden. Nur nachdenken. Die Gedanken rasen im Kreis. Die Tür geht auf und Josef, ein sehr guter Kollege der Nachbardienststelle, den ich seit vielen Jahren kenne, kommt in den Raum und stellt sich hinter mich. Wortlos. Er braucht nicht zu reden. Er legt mir nur eine Hand auf die Schulter und lässt sie für eine Zeit einfach nur liegen. Keine Worte.

Er weiß bis heute nicht, wie sehr er mir damals geholfen hat. Diese Geste ohne Worte, Erklärungen oder Fragen waren mehr wert als die ganzen Gespräche vorher. Diese Geste war groß, Josef! Du hast in diesem Moment genau das Richtige getan. Du warst da, dein Verständnis und Mitgefühl waren auch ohne Worte ganz laut zu hören für mich.

Die Gedanken lassen nicht nach. Warum hat uns die Frau nicht gleich an der Tür gesagt, dass ihr Freund auf einer Waffe sitzt? Oder diese unter seinem Oberschenkel hält.

Der Einsatz hätte eine ganz andere Wendung genommen. Ihr Wegziehen aus der Wohnung ins Treppenhaus wäre ein Klacks gewesen. Dann die Verständigung des Sondereinsatzkommandos (SEK). Die sind ausgebildet für derartige Einsätze.

Aber doch nicht ich!

Für mich ist das absolute Premiere. Ein Ersterlebnis, auf das ich so gerne verzichtet hätte. Das sich gerade als Endlosschleife in meinem Kopf abspult.

Bei den späteren Vernehmungen stritt die Frau ab, von dieser Waffe gewusst zu haben. Kann man glauben oder auch nicht …

Der Nachtdienst ist vorbei. Wohin gehe ich jetzt? Heim ins Bett und friedlich schlummern? Unmöglich! Das Adrenalin überflutet noch immer meinen Körper. Hält ihn unter extremer Anspannung, die nicht weichen will.

Meine Lebensgefährtin erfährt von mir telefonisch vom Geschehen. Ich treffe sie vor ihrer Arbeit. Brauche eine verständnisvolle Schulter. Der alte, erfahrene Polizist, den bisher nichts und niemand erschüttern konnte …

Er ist klein, sehr klein …

Mein guter Freund Helmut, beschäftigt bei der Kripo, hat Zeit für mich. Er war früher mein liebster Partner bei den Zivilfahndern. In dieser Zeit wuchs eine ehrliche Freundschaft, die seit Jahren besteht und auf die ich sehr stolz bin.

Ich will und kann nicht allein sein, muss reden. Wir treffen uns in meinem Sportcenter. Ich trinke Kaffee ohne Ende und kann nicht aufhören zu erzählen. Rauche eine nach der anderen. Mein Kopf wird einfach nicht frei. Kann machen, was ich will. Die Gedanken drehen sich unaufhörlich. Diesen Zustand kenne ich nicht und hatte ich auch noch nie. Schrecklich. Ungewiss. Ausgeliefert.

Er hört geduldig zu, beruhigt, besänftigt, versucht zu helfen. Zeigt Verständnis. Aber das Aufgewühltsein lässt nicht nach. Dieses Gespräch war enorm wichtig für mich. Ein Kollege und Freund hat wesentlich mehr Ahnung als ein Außenstehender. Er weiß, wovon ich dauernd rede. Kann ihm auch passieren.

Meine kleine Tochter hat auch Zeit für ihren flehenden Vater. Wir treffen uns in einem Fastfood-Restaurant. So kennt sie ihren Vater nicht.

Verzweifelt – aufgewühlt – hilflos.

Sie hört mit großen Augen zu, kann es kaum glauben. Drückt den alten Mann beim Abschied lange und intensiv.

Ich bekomme seit Stunden diese riesige Mündung nicht aus meinem Hirn …

1996 – Ende mit Zivilfahnder. War eine schöne, teure Zeit. Die Erfahrungen dort sind hilfreich. Meine Uniform, die über 10 Jahre im Schrank verstaubte, passt noch bzw. wieder. Habe nach der Entsorgung durch die Ehefrau und dem Tod des Vaters in kürzester Zeit 20 Kilogramm abgenommen. Ohne Diät. War sowieso zu dick. Bin halt doch ein Sensibelchen …

Kommt aber gut an bei den Mädels. So alt und noch so schlank. Ich nutze das reichlich und genieße mein Leben so weit möglich. Viele Beziehungen halten nicht lange. Es ist nicht einfach mit einem Polizisten. Sind alle chaotisch … Und ihr hattet den schlimmsten von allen …

Meine Schichtkollegen sind es langsam leid, mir alle paar Monate bei einem erneuten Umzug zu helfen.

Ich bin der einzige Polizist mit einer eigenen Umzugstruppe:

„Kannst du nicht endlich mal sesshaft werden?"

Möbel rein – Möbel raus muss doch mal gut sein. Den leichtesten Umzug schaffe ich allein. Das ganze Leben in einem uralten 3er-BMW.

Was führst du nur für ein Leben? Weit über 40 und so voller Unruhe …

Ich bin nie lange allein. Springe von einer Beziehung in die nächste. Geht ganz einfach. Aber ist das das Leben, das ich wollte?

Ungebunden – frei – pleite …

Der erneute uniformierte Dienst läuft wieder gut. So was verlernt man nicht. Wie Radfahren. Liebe den Umgang mit Menschen. Allein die Vorstellung in einer Fabrik an einer Maschine zu stehen, erzeugt ein Unwohlsein. Dazu muss man geboren sein.

Ich mache genau das, was mir Spaß macht. Aber wie auch früher im aufreibenden Schichtdienst. Bin ja nun auch nicht mehr der Jüngste.
Aber – **geht doch!**

… Ich kann noch immer nicht allein sein. Bekomme Panik. Wo bleibt meine Lebensgefährtin? Sie muss gleich aus ihrem Kosmetikstudio kommen.

Ich bin erschöpft, ausgelaugt und aufgewühlt. Die Bilder wiederholen sich ununterbrochen. Kein klarer, vernünftiger Gedanke hat eine Chance in meinem wirren Kopf.

Aber er lebt noch!

Mein Chef hat versprochen sofort anzurufen, wenn sich am Gesundheitszustand etwas ändern sollte. Bei jedem Klingeln des Telefons bekomme ich Panik. Es ist kurz vor Mitternacht. Die Erschöpfung kommt. Ich bin jetzt sehr, sehr lange ohne Schlaf. Warum kann ich trotzdem nicht schlafen? Die immer wiederkehrenden Bilder lassen mich nicht los. Es wird eine äußerst unruhige Nacht mit vielen Albträumen in den seltenen Momenten des erholungsarmen Schlafes.

ABER – er lebt lebt …

Es ist für mich enorm wichtig, dass dieser Mensch überlebt. Mit dem Gedanken, einen Menschen angeschossen zu haben, kann ich vermutlich leben. Aber ein Leben ausgelöscht zu haben, werde ich nicht so leicht verkraften können. Schon zu diesem Zeitpunkt ist mir dies klar.

Das Ereignis wird in den Medien breitgetreten. Im Regionalfernsehen zeigt unser Pressesprecher die Waffe und erklärt, dass der Täter lebt und bald vernehmungsfähig sein wird. Mir fällt ein solch großer Stein vom Herzen. Auf diese Aussage bin ich sehr gespannt. Gott sei Dank. Er wird überleben.

ER WIRD NICHT STERBEN!!!

Zwei Tage später beginnt mein nächster Nachmittagsdienst. 13.00 Uhr. Morgens um 6.00 Uhr klingelt das Telefon Mein Chef ist dran.

NEIN! BITTE NICHT!!!

Ich will es nicht hören. Nein. Das ist nicht möglich! Er wird doch bald vernehmungsfähig sein. Er wird überleben …

„Mike – es tut mir sehr leid. Der Mann ist heute morgen leider seinen schweren Verletzungen erlegen. Komme bitte vor deinem Dienstbeginn zu mir. Wir reden."

Das ist ein Irrtum. Muss einer sein! Der Kollege gestern Abend im Fernsehen hat doch ganz was anderes gesagt. Hat meine Hoffnung genährt. Was erzählt dieser Mensch denn im Fernsehen?

Gerade fällt das nächste Kartenhaus mit unmenschlichen Geräuschen in sich zusammen. Nicht auszuhalten. Die Schmerzen sind da – schon wieder – und peinigen mich.

Jetzt ist der Mann nicht mehr vernehmungsfähig. Er ist einfach nur tot. Das ist nicht möglich. Meine ganze Hoffnung dahin.

Ich habe einen Menschen getötet …

Was ist denn mit unserer Gesellschaft los? Sind nur noch Durchgeknallte unterwegs? Warum hacken sie alle auf uns herum? Wir machen doch nur unseren

Dienst. Den Kollegen und mir fällt es immer schwerer, noch mit Freude und Liebe unseren Beruf auszuüben. Die gute Laune bei der Fahrt zum Dienst hat auch schon stark nachgelassen.

Welche Sprache hätte ich wohl lernen sollen, um alle Beschimpfungen zu verstehen, die mir an den Kopf geworfen werden? Wo ist der Respekt vor unserer Uniform geblieben, den leider nur noch die alten Menschen haben? Osteuropäisch wäre vermutlich nicht schlecht.

Für den drogenabhängigen Aussiedler, der von seiner Großfamilie in den goldenen Westen geschleppt wurde, um die dort reichlichen Früchte zu ernten. Leider hängen diese sehr hoch für den jungen Mann oder die junge Frau, die schmerzlichst feststellen mussten, dass die Kultur doch anders ist und das Eingliedern in die neue Gesellschaft fast schon aussichtslos erscheint oder gar nicht gewollt ist.

Was bleibt, ist der Treffpunkt mit Leidensgenossen bei Bier, Wodka oder Heroin …

Goldener Westen – hier sind wir!
Goldener Schuss – hier waren wir …

Habe übrigens schon wieder eine neue Frau im Auge! Ist die Chefin meines Fitnesscenters. Zwar noch verheiratet, mit zwei kleinen Kindern, aber augenscheinlich nicht so recht glücklich mit ihrem Partner. Einziehen – Ausziehen – Einziehen … Das kenne ich doch! Ist nur eine Frage der Zeit, bis meine Stunde schlägt. Klein, blond, durchtrainiert und willig.

Lebe zurzeit aus Gründen der Kontoführung in einer kleinen 29 qm Einzimmerwohnung. Nennt man möbliertes Wohnklo … Das größte Stück in der Bude ist mein Bett. Neben der Küchenzeile ist meine Duschkabine. Konnte noch niemals in meinem Leben während des Duschens die Schnitzel in der Pfanne drehen, ohne die Dusche zu verlassen. Das kann ich jetzt! Ist schon praktisch. Klein, aber oho! Bin ja genügsam. Auch in einem kleinen Zimmer kann man viel erleben.

Aber – ich habe ja jetzt ein Ziel. Die kleine süße Blonde ist jetzt endgültig ausgezogen und der Mike packt seinen ganzen Charme aus. Er strahlt mit seinen blauen Augen. **Geht doch!** Sie ist mein. Die Kinder mögen mich, die Frau ist glücklich, sie hat ein schönes Haus mit großem Garten. Herz, was willst du mehr?

… Ich sitze unruhig meinem Chef gegenüber und höre mir sein Mitgefühl nur mit einem Ohr an. Meine Gedanken sind schon viel weiter. Er ist tot und ich muss doch bald wieder in den Streifenwagen. Wie soll ich das nur machen mit meiner großen Angst?

Heute aber nicht! Alle Kollegen der damaligen Nachtschicht werden herausgelöst an diesem Mittag und wir machen mit einem Kollegen des Psychologischen Dienstes aus München ein so genanntes ‚Debriefin'. Man meint Aufarbeitung bei Kaffee und Kuchen. Ein Seelsorger und eine Tante vom Sozialen Dienst des Polizeipräsidiums wollen auch kommen. Aber ich habe noch eine Stunde Zeit.

Mein Chef erzählt vom Kontakt mit den Eltern des Erschossenen, sagt mir die Namen. Mein Herz rast – mei-

ne Haare stellen sich schon wieder! Die sofort eintretenden Schmerzen sind mir zwischenzeitlich bekannt. Warum ICH? Das gibt es doch nicht. Bitte, Chef – sage mir, dass dies nicht die Eltern sind?! BITTE!

DOCH!

Diese Eltern sind Freunde von mir. Wir haben vor drei Monaten zusammen Silvester gefeiert. Wir kennen uns schon ewig. Aber die haben doch nur einen Sohn! Und der ist einer meiner guten Freunde. Seit langer Zeit!

*NEIN! Diese befreundete Familie hat bzw. hatte einen zweiten Sohn. Jetzt nicht mehr, denn **ICH** habe ihn erschossen. Lieber Gott – was habe ich denn angestellt, dass ich so gestraft werde? Lass mich doch nicht so leiden! Ich halte das nicht mehr aus …*

Ich stürme aus der Dienststelle und fahre in Aufruhr zu einem gemeinsamen Freund. Peter – bitte hilf mir! Hole dir den Bruder, schildere ihm die Geschichte und sage ihm, dass ich der Todesschütze war. Die Familie soll es nicht von außen erfahren und dann über mich urteilen.

„Der ist zu feige, uns das selbst zu sagen!"

Ich selbst kann es nicht. Es geht nicht. Es ist mir unmöglich, dem Bruder jetzt in dieser Situation persönlich unter die Augen zu treten. Das schaffe ich nicht! Und den Eltern schon gar nicht.

Ich habe mein möbliertes Wohnklo aufgegeben und wohne jetzt vornehm im Grünen. Bin über vier-

zig und habe mich reichlich ausgelebt. Ich will nicht mehr. EINE Frau sollte auch mir reichen. Fremdgänger ade!!! Ich liebe diese Frau und ihre Kinder. Haben jetzt auch einen Hund. Berner Sennenhund. Gute vierzig Kilo, lammfromm unsere dicke „Uschi". Rundum glücklich. Treffen uns regelmäßig mit meinem Felsenfreund und seiner Familie. Ist eine wunderschöne Zeit mit Harmonie, guten Freunden und Glück pur.

2000 – Das Jahr des zweiten Fehlers! Ich Blödmann, der sich früher noch lustig gemacht hat, heirate wirklich noch ein zweites Mal. Bin absolut treu und liebe diese charakterlose Kuh tatsächlich. Sie arbeitet jetzt nicht mehr im Sportcenter, sondern bei meinem Felsenfreund im Büro. Er hat ihr dies halbtags ermöglicht. Freunde machen so was! Er, großzügiger Geschäftsmann –, sie, kleine süße blonde Ehefrau vom besten Freund …

Ich bin der dritte Ehemann der Blonden. Die Kinder hat sie vom zweiten. Kein Problem für mich. Wir lieben uns doch. Das Glück hält nicht so lange. Wir feiern Anfang April noch ihren Geburtstag mit vielen Freunden in der neu gebauten Kellerbar. Alles aus Kunstfelsen. Schaut richtig geil aus. Mein Felsenfreund macht es möglich. Ist schon ein Guter. Uschi mag ihn – die Kinder mögen ihn – meine Frau mag ihn … Mehr, als ich mir vorstellen kann.

Ende April, nach gerade mal zwei Jahren Ehe, werde ich dann auch von ihr entsorgt.

WAS?

Man möge bitte ausziehen – die Liebe ist vergangen!? Ich habe sie nicht geschlagen, nicht betrogen, die Kinder gut behandelt und den Hund erzogen. Warum soll ich ausziehen?

Ich mache das, was ich am Besten kann. Stillhalten! Ich ziehe aus   Wohnung suchen. Geld besorgen. Was darf ich mitnehmen außer meiner Kleidung? Das gemeinsame Darlehen! Danke! Aber mit einem Teil davon hast du doch den Kachelofen des Hauses bei deinem zweiten Ehemann ausgelöst! Den zahle jetzt ich allein ab? Logisch!

Geht doch!

Freundschaft ist wichtig. Mein Felsenfreund hilft mir Wochen später beim Einzug in die neue Wohnung. Bedauert mich und spendet Trost. Das ist Freundschaft! Und nebenbei vögelt er vermutlich die ganze Zeit schon meine Ehefrau …

Vermutlich … dies muss ich aus rechtlichen Gründen so formulieren, da er dies bestreitet. Kann ja auch Zufall sein, dass er sich kurz nach meinem Rauswurf plötzlich in meine Nochfrau verliebt und dafür seine Familie im Stich lässt. Ich bin mir jedoch sicher, dass dies nicht so war …

Ist doch nicht zu glauben … Das war doch mal mein Metier – betrügen! Warum trifft es jetzt mich? Bin doch treu gewesen. Habe lange Gespräche mit meinem Felsenfreund geführt, über das endlich erreichte Glück … Er freute sich mit mir.

Es scheint doch der Wahrheit zu entsprechen, dass sich der Begriff „Lebensgefährtin" von „Lebensgefahr" ableitet …

Er trennt sich nach über 20 Jahren Ehe von Frau und Kindern und legt sich in mein Bett (seine Geburtstage werden jetzt vermutlich in meiner Felsenbar gefeiert). Sei ihm gegönnt. Sie hat ja fast nichts gekostet. Nicht die Frau – die BAR Gleiches gesinnt sich zu Gleichem. Gesucht und gefunden. Diese zwei passen zusammen wie die sprichwörtliche Faust aufs Auge. Nur unsere Freundschaft leidet …

Fange ich eben mein wildes Leben von früher wieder an. **Geht doch!** Für diesen Freund hätte ich meine Hände ins Feuer gelegt Wem soll ich denn noch trauen, wenn nicht dem besten Freund? In einer späteren Stellungnahme ihrer Anwältin in der Scheidungs- bzw. Unterhaltsklage bekam ich es schriftlich: Er sei nie mein Freund gewesen!

Dass es so traurige Gestalten gibt …

Die Kinder und Uschi vermisse ich sehr …

… Er hat ihn erreicht und ihm alles gesagt. Nun wissen es auch die Eltern. Wie soll ich ihnen jemals wieder unter die Augen treten? WIE? Möchte mir das nicht vorstellen. Unmöglich.

Die Aufarbeitung ist vorbei. Hilft schon ein ganz klein wenig. Aber damit leben muss ich. Gustav hat geschlafen wie ein kleines Baby. Keine Träume – keine Störungen Kaum zu glauben. Ein Gemüt wie ein Amboss.

Mein Chef rät mir zu einem Anwalt. Warum Anwalt? Habe ich was falsch gemacht? NEIN? Aber die Ermittlungen wegen fahrlässiger Tötung laufen. Ist ein normaler Vorgang. Da ist ein Anwalt schon besser. Wird vom Staat übernommen. Dienstlicher Rechtsschutz. Nicht, dass du bei der Vernehmung vor Aufregung was Falsches sagst.

Zum Psychologen solltest du eventuell auch mal gehen. Du kommst ja aus dem Zittern gar nicht mehr heraus. Sitzt auch ganz verkrampft da. Vielleicht kann er helfen.

Ich kann nicht mehr schlafen!!! Keine Nacht ohne Träume … Kein Tag ohne den Gedanken an das fürchterliche Ereignis. Was sagt mein Psychologe? Ich bin nicht krank. Das ist die normale Reaktion des Gehirns auf ein schlimmes Ereignis. Nennt man Posttraumatische Belastungsreaktion. Danke fürs Gespräch …

Mir ist es völlig egal, wie sich der Mist nennt. Ob ich krank bin oder nicht. Mein Leben gerät völlig aus den Fugen. Kein erholsamer Schlaf mehr, Panikattacken und eine Angst, die nicht nachlässt.

Der Psychologe begann die Sitzung mit den Worten: „Ich bin kein richtiger Traumaspezialist." Ich auch nicht. Die Schilderung des Vorfalles wühlt alles wieder auf. Muss aber sein. Eigenartige Erfahrung. Nicht wie im Fernsehen – er auf dem bequemen Sessel und der Patient gemütlich lang auf dem Sofa. Wir sitzen uns einfach gegenüber.

Nach einigen Sitzungen merke ich, dass dieser Arzt mir nicht helfen kann. Ich habe kein Vertrauen. Er redet mit mir und schaut dabei ununterbrochen ca. 50 cm neben mir an die Wand. Ist das so üblich? Ich habe da keine Erfahrungen. Vielleicht schaut man ja dem Patienten nicht in die Augen, um ihn nicht zu bedrängen. Habe ständig den Drang, meinen Stuhl 50 cm nach links zu schieben, damit er mich ansieht. Geht nicht? Dann ein langer Monolog von ihm mit geschlossenen Augen. Ist auch nicht besser. Leiden diese Ärzte nach gewisser Zeit unter oder mit ihren Patienten?

Die erste Sitzung bei ihm hatte ich zwei Tage nach den Schüssen. Er ist gnädig, sieht meinen desolaten Zustand und schreibt mich zunächst dienstunfähig.

Ich bin es leid, hier in meinem Lebensbereich von den Bekannten und Freunden mit solch traurigen Blicken bedacht zu werden. Ebenso kann und will ich die Geschichte nicht ständig erzählen. Die Flucht nach Frankfurt zu meinem lieben Freund Stitch bietet sich an. Er ist ehemaliger Profisquasher und war mal Trainer bei uns im Sportcenter. Betreibt jetzt ein eigenes Squashcenter in Frankfurt. Zwar ein Schotte, aber ein lieber …

Dieses Wochenende tut mir gut. Keine langen Erklärungen, keine Fragen. Er ist feinfühlig, macht mich beim Squash so richtig platt, dass ich wenigstens kurz keine Zeit habe, schlimme Gedanken aufkommen zu lassen, und lässt mir gefühlstechnisch meine Ruhe. Aber auch in Frankfurt kommt die Nacht. Langsam und ohne Gnade.

Genau das habe ich gebraucht. Abschalten von den ewig andauernden Erklärungsversuchen. Seine Frau Silke kenne ich schon sehr lange. Sie ist meine Ersatzschwester seit vielen Jahren. Ich werde mit offenen Armen liebevoll empfangen. Das sind die Menschen, die mir helfen können und dies auch gerne tun.

Ich bin wieder frei wie ein Vogel. Habe vier Wochen gelitten wie ein Schwein. Aber mein ureigenes System hat geholfen. Allein hinsetzen und Problem aufarbeiten bzw. analysieren. Kann ich das Problem lösen? JA oder NEIN? Bei JA? Wie? Dann wird gekämpft ohne Ende. Aber bei meinem jetzigen Problem gibt es keine Lösung. Diese „Frau" will ich nie mehr. Und mein ehemals bester Freund kann mir auch den Schuh aufblasen. Jetzt kommt das Wichtigste an der Problemlösung: Das ganze Thema komplett abhaken. Nicht leiden – nicht jammern – sondern im Kopf und im Herzen vergessen. Schwer – aber möglich.

Mein Leben ist so kurz. Warum soll ich nur eine Minute umsonst leiden an einer Sache, die ich sowieso nicht ändern kann bzw. nicht will? Bin nicht der Typ, der sich monatelang in seiner Bude verkriecht und heimlich in die Kissen weint. Ich will zufrieden leben und sonst nichts.

Die nächste Frau ist auch schon in Reichweite. Spricht sich schnell herum, dass der Mike wieder solo ist … Auch wieder mal schön.

Aber auf Dauer taugt diese Situation nicht. Möchte schon gern Sonntagmorgen neben dem warmen Hintern aufwachen, den ich liebe.

Kommt Zeit – kommt Rat –
kommt auch wieder ein Hintern …

Die verlassene Frau meines Felsenfreundes leidet ohne Ende. Steht vor den Scherben ihres Lebens. Gab damals alles auf, um ihrem Mann das Studium zu ermöglichen und für die Kinder da zu sein. Kein Beruf – nur Ehefrau und Mutter. Jetzt ist sie plötzlich nur noch Mutter. Ich versuche zu helfen, ihr mein System der Problemlösung nahezubringen. Klappt nicht bei ihr. Sie beginnt zu hassen. Tief sitzt der Schmerz. Es dauert sehr lange, bis sie ihr Leben wieder einigermaßen ordnen kann. Aus dem gemeinsamen Haus zieht sie mit den Kindern aus, da der Mann es verkauft. Es gibt auch Männer ohne Charakter. Der lebt jetzt mit der Frau ohne Charakter. Geht doch!

Juni 2002 – Ich bin wie erschlagen. So eine Frau habe ich noch nie gesehen! Wo hat sie sich denn die ganze Zeit versteckt?

Sonne – Wärme – gemütliche Streife am Vormittag. Nicht viel Hektik in der Stadt. Die Frau meines ehemaligen Bärentreibers, der jetzt auch schon in die Jahre gekommen ist, betreibt einen kleinen Kiosk, in dem man morgens während der Streife einen Kaffee bekommt. Wird gerne gemacht. Sie ist eine ganz Liebe. Das ist vermutlich der Grund, warum die beiden immer noch glücklich verheiratet sind.

Da geht die Türe auf und SIE schwebt herein: fast 180 cm groß – schlank – blonde Haare (ihr merkt schon – ich stehe auf Blond.) – ein Gesicht wie gemalt und ein langer schwarzer Ledermantel … Ein Traum!

Ein paar kurze Worte – ein Blick aus meinen blauen Augen – die schicke Uniform …

Sie ist seit sechs Monaten solo. Verlassen vom Mann, der auch so ein Sack ist, wie ich einer war. Man – was habe ich für ein Glück. Ich kämpfe mit meinem ganzen Charme, lerne die Frau kennen, bin begeistert und fange wieder an zu lieben. Ist ein so schönes Gefühl.

Die Anfangszeit unserer Liebe war so aufregend. Erste Telefonate – Flirt ohne Ende. Wie in der frühesten Jugend.

Eines unserer ersten Treffen fand bei ihr auf der Terrasse statt. Mike bringt anständig eine Flasche Wein als Präsent mit. Gehört sich ja so. Lehnt aber ein Gläschen davon ab und trinkt lieber Kaffee. Könnte ja sein, dass sie was gegen Männer hat, die Alkohol trinken. Erst mal lieber vorsichtig! Rauchen sah ich sie schon, da kann ich meine Schachtel getrost auspacken.

Es wird ein unheimlich netter Abend. Wir harmonieren. Führen schöne Gespräche. Nach kurzer Zeit hat sie die Flasche Wein geleert … Ich bleibe bei Kaffee. Sie ist noch am Dehydrieren und holt sich sicherheitshalber eine Flasche Sekt, die auch nicht ewig hält.

Also – sie trinkt normalerweise nicht viel Alkohol, aber an diesem Abend hat sie gesoffen wie ein Loch. Vielleicht die Aufregung, die Freude? Wer weiß …?

(Nachdem meine Partnerin diese Passage des Manuskriptes gelesen hatte, bestand sie auf Streichung dieses

Absatzes. Drohte mit Liebesentzug, Auszug – also ich, nicht sie – ihr gehört das Haus – und sonstigem Übel; konnte sie überzeugen, dass es ein ehrliches Buch ist und dies letztendlich der Wahrheit entsprach; glücklich war sie darüber nicht …)

Ich war begeistert. Die Frau ist „anders". Das mag ich … Bei unseren nächsten Treffen stellten wir beide fest, dass unsere „Chemie" passte.

Beim Treffen in meiner Wohnung kam es zu ersten Zärtlichkeiten. Aber – Mike ist ja nicht blöde! Ohne mit ihr geschlafen zu haben, verließ sie meine Wohnung. Das kannte sie noch nicht:

Ein Mann, der sich verweigert???

Dies zog ich noch eine lange Zeit durch. Schlief in ihrem Bett und blieb keusch. Später mal sagte sie mir, dass ihr dies unheimlich imponiert habe.

Mike kennt sich eben aus mit den Frauen … Aber die Wahrheit war, dass mir diese Frau für ein schnelles, kurzes Abenteuer viel zu wichtig war (o.k. – fast die Wahrheit). Dies wollte ich nicht riskieren. Musste nach diesen Treffen lange kalt duschen, um die Wogen zu glätten.

Verrückt:

Mike – der Frauenversteher
der Geduldige
der Verweigerer
der Sensible …

Die selbst auferlegte Wartezeit hat sich jedoch gelohnt.

Mit ihr bin ich nun schon fast fünf Jahre zusammen. Habe meine Einstellung zur Treue beibehalten und versuche alle diese kleinen Fehler zu vermeiden, die ich früher gemacht habe. Ich liebe immer mit Haut und Haar. Nur ein bisschen geht bei mir nicht. Auch wenn ich wieder verletzt werden sollte, ich liebe ganz oder gar nicht.

Es hat jedoch über vier Jahre gedauert, bis ich meine eigene Wohnung aufgegeben habe und ganz zu ihr gezogen bin. Diesen Rest Freiheit wollte ich mir nicht nehmen lassen. Da ist es dann auch egal, dass man ewig Miete bezahlt für eine Wohnung, in der nur noch Blumen gegossen werden. Schlafen und leben tue ich bei ihr. Auch sie hatte Angst vor diesem Schritt. Sie möchte nicht noch einmal so verletzt werden.

Wie kann ich ihr die Angst nehmen? Sie kennt meinen schlechten Ruf als untreuer Geselle. Da fällt es schwer, Vertrauen aufzubauen. Ich schaffe es trotzdem. Zeige Liebe ohne Ende.

… Dieser Arzt ist bestimmt genauso krank wie ich. Das kann es nicht sein. Ich mache wieder Dienst nach zwei Wochen. Rat des Arztes: Wie beim Sturz vom Pferd – gleich wieder rauf, sonst wird der Gaul immer größer. Schräger Vergleich – aber er ist der Fachmann. Ich also rauf aufs Pferd oder in den Streifenwagen. Geht nicht. Nur Panik. Angst lässt nicht nach. Erster Nachtdienst nach dem Vorfall: Fahren Sie zu einem Familienstreit! Mein Herz schlägt

bis zum Hals – im Kopf sind die gleichen Bilder …
NEIN!

Aber ich bin stark. Nur Schwächlinge zeigen Angst. Ich verberge meine Angst und Panik nur schwer. Ich bin nicht stark – ich weiß es. Nur die Kollegen sollen es nicht wissen. Ich kämpfe jede Minute in dem beschissenen Streifenwagen mit meiner Furcht. Aber bloß nichts anmerken lassen. Bist doch ein erfahrener Polizist weit über vierzig, den solche Sachen nicht belasten dürfen. Junge Kollegen vielleicht, aber doch nicht den Mike – den schon gar nicht …

Dieses Verstellen, diese Hervorhebung einer Stärke, die man überhaupt nicht mehr hat, wird mir später zum Verhängnis. Ungläubige Kollegen, die nicht begreifen, dass ich jetzt seit langer Zeit dienstunfähig bin …

Die Streife ist nicht mein einziges Problem. Von den Vorgesetzten werde ich mit Samthandschuhen angefasst. Sie sind ohne Erfahrung. Eine solche Situation gab es bei uns noch nicht. Es ist für beide Seiten nicht einfach.

Aber was ist mit meinen anderen Kollegen? Betretene Gesichter, gesenkte Blicke und das Flüchten in ein anderes Büro, wenn ich auftauche. Kollegen, die früher locker mit mir umgegangen sind, Späße gemacht und mit mir gelacht haben.

Habe ich eine ansteckende Krankheit oder mich jetzt schon verändert?

Es dauert eine Zeit, bis mir der Grund klar wird. Sie wissen nicht, WIE sie mit mir umgehen sollen, wie sie mit mir reden könnten. Es ist nicht leicht für diese Kollegen. Aber auch für mich nicht. Gerade für mich nicht! Ich habe die größeren Probleme. Gerade jetzt möchte ich doch behandelt werden wie früher. Wie klingt das denn?

„FRÜHER!"

Gerade mal zwei Wochen ist es her. Zwei Wochen, in denen sich mein Leben so radikal verändert hat, wie es sich keiner vorstellen kann. Viele wissen um die dramatischen Umstände nicht. Weder um die Nacht noch um das Dilemma mit den befreundeten Angehörigen. Kennen nicht meine fürchterlichen Gedanken und Träume

Die ganz feinfühligen unter den Kollegen klopfen mir mit wohlwollendem Grinsen auf die Schulter und gratulieren, dass ich diesen Drecksack „weggeblasen" habe!

Haltet doch einfach eure blöde Fresse!

Diese Sätze brauche ich jetzt wirklich nicht. Ich will kein Mitleid oder Mitgefühl, aber solche Aussagen sind furchtbar in meiner Situation.

Die wenigen Guten bieten Hilfe an. „Mike – wenn du mit jemandem reden willst: Ich bin für dich da!" Sie drängen sich nicht auf, gieren nicht nach Details, sondern merken, wie ich leide. Bei einigen nehme ich diese angebotene Hilfe gerne an.

Ich kämpfe mich von Schicht zu Schicht. Was mache ich mit meiner Freizeit? Ich traue mich nicht in die City, da ich Angst habe, den Eltern zu begegnen. Wie reagieren sie, wie soll ich reagieren? Wegrennen – stehen bleiben – verstecken – rot anlaufen??? Keine Ahnung. Ich will es gar nicht wissen.

Ich habe sie gesehen!

Die Mutter hat mich mit solch hasserfüllten Augen gemustert … Ganz schlimm. Ich kann doch nichts dafür. Hilf mir doch einfach. Reiche mir eine Hand! Ich bekomme sie nicht – damals nicht und bis heute nicht.

Meine Arbeit leidet unter meinem Erlebnis. Ich verändere mich. Mein Wesen ändert sich. Ich werde zornig, wütend, aufbrausend bei jeder Gelegenheit. Menschen mit den Händen in den Taschen bereiten mir Panik. Ich muss eure Hände sehen!!! **Ich muss!** Zeigt mir, dass sie leer sind! Ich schreie Kollegen an, Freunde, harmlose polizeiliche Gegenüber. Ich raste aus bei der Aufnahme eines Kleinunfalles, nur weil der Beteiligte die Hände in seiner Jacke hat. Er weiß nicht, was dieser durchgeknallte, anscheinend schlecht gelaunte Bulle hat. Ich schon.

ANGST! Nichts als ***ANGST!***

Ich bin mit einem jungen Kollegen unterwegs (auch ich bin jetzt ab und an Bärentreiber), der sich auf mich verlassen muss. Keine Angst zeigen, bloß nicht … Ich habe der erfahrene, eiskalte Kollege zu sein, der dem jungen Hüpfer zeigt, wie man Einsätze abarbeitet.

Wir haben jetzt auch einige Frauen auf der Dienstgruppe. Ich habe nichts gegen das weibliche Geschlecht bei der Polizei. Sie arbeiten genauso gut, meist besser als der männliche Kollege. Es sind aber Frauen, die rein körperlich unterlegen sind. Auf der Straße in der Eskalation der Gewalt hilft mir ein Kleinwüchsiger wie Gustav tausendmal mehr als meine Kollegin.

Die Wenigsten haben den Schwarzgurt, 3. Dan. Da muss ich nicht nur auf mich und den Gegner, sondern auch noch auf die Kollegin aufpassen. Und das gerade jetzt, wo in mir selbst die Angst vor sich hinkocht. Das ist in meiner Situation unmöglich.

Es sind wirklich sehr liebe und gute Kolleginnen. Keine Frage. Machen hervorragende Arbeit. Aber da, wo ich gerade die meiste Unterstützung brauche, auf der Straße, bin ich lieber mit einem Mann unterwegs. Nicht böse sein, Kolleginnen … Ist wirklich nicht persönlich gemeint!

Es geht nicht mehr. Mein Schlafverhalten wird immer schlimmer. Es ist jetzt doch schon eine lange Zeit her. Warum wird es nicht besser? Die Albträume kommen immer häufiger. Ich wache schweißgebadet und zitternd auf, gerade der Mündung entkommen, und bekomme keine Luft. Bin morgens wie gerädert. So kann und darf es nicht weitergehen …

Seit langer Zeit mache ich mir einen Kopf über meinen „Status". Was bin ich?

Täter/Opfer

Ein bisschen von beiden??? Ich weiß es nicht …

Es hat lange gedauert, bis ich die Einstellung des Verfahrens schriftlich mitgeteilt bekomme. Einer der Gutachter war erkrankt. Es war mir klar, dass ich nichts falsch gemacht habe. Aber man möchte es doch in Händen halten, das amtliche, gerichtliche Schreiben. Jeder Tag zehrt an den Nerven.

Ich bin unschuldig. Vermeintliche Notwehr nennt man dies. Putativnotwehr. Was hilft mir das?

Die Kollegen des Landeskriminalamtes kamen sehr häufig aus München, um die Tatwohnung zu begutachten, fotografieren und auszumessen. Da werden Fäden gezogen von meinem angegebenen Standort zum Liegeort des Täters, um festzustellen, ob meine Angaben stimmen. Diese Vorgehensweise sieht man in den letzten Jahren in den so beliebten Sendungen wie CSI.

Das Problem bzw. die Sache ist jedoch die, dass diese Kollegen, die wirklich nur ihre Arbeit sehr gut und mit jeglicher Sorgfalt verrichten, dafür jede Menge Zeit haben. Stunden, Tage – ja Wochen für ihren Bericht, den sie an die Staatsanwaltschaft weiterleiten. Ich jedoch musste meine Entscheidung innerhalb von Sekunden treffen. Keine Zeit, um Rat zu fragen oder sich lange den Kopf zu zerbrechen.

Meine Handlung wird von den beauftragten Männern bis in kleinste Detail überprüft und akribisch untersucht.

Andere hoch dotierte Kollegen einer anderen Abteilung des LKA werten die Schreckschusswaffe aus. Ob sie denn wirklich den Eindruck einer scharfen Waffe machte. Oder ob der Kollege in der schummrigen, schlecht beleuchteten Wohnung nicht hätte erkennen müssen, dass es sich nur um eine Nachbildung handelt. Als ich meinen Dienststellenleiter in der Nacht nach der Waffe fragte, konnte er mir nicht sagen, um welche Art von Schusswaffe es sich handelte. Obwohl er sie lange in Händen hielt und begutachten konnte.

Und da soll ich in ein paar Sekunden aus einigen Metern Entfernung entscheiden, ob sie scharf ist oder nicht??? Das ist einfach unmöglich. Ich kann nur sagen, dass die Mündung riesig war … Ob scharf oder nicht scharf …

Der Ermittlungsakt im Strafverfahren, der mir als Beschuldigter in Abdruck zusteht, hat über 200 Seiten. Obduktionsberichte, Vernehmungen, Gutachten – alles, was nur irgendwie in dieser Nacht geschah, wurde dokumentiert. Aber ganz vorne auf dem Deckblatt steht ganz groß mein Name mit der Anschuldigung:

Fahrlässige Tötung

Dieser Begriff liest sich schrecklich. TÖTUNG!

Ich war beim Anwalt. Er hat mir bei den Vernehmungen geholfen. Wir gerieten kurzfristig in Streit. Seinen Ratschlag konnte ich nicht annehmen. **„WIR"** machen zunächst keine Angaben, warten alles ab, verlangen dann Akteneinsicht und äußern uns dann …

DAS BRAUCHE ICH NICHT!

Ich muss keine Aussagen abgleichen oder lesen, was die Kollegen oder die Freundin ausgesagt hat. Ich habe nichts zu verheimlichen und werde sofort aussagen. Nicht üblich – nicht ratsam   Das ist mir egal. Diese Nacht habe ich tausendmal im Kopf erlebt. Ich muss jetzt aussagen

Es hat nicht geschadet. UNSCHULDIG! Was hilft mir das? Das Ergebnis der Kripo liest sich absonderlich: – Suicid by Cop – Kommt aus dem Amerikanischen. Wie vieles bei uns. Auch die Selbstmörder lernen schnell.

Das ist einer, der zu feige ist, es sich selbst zu besorgen, und dafür den Polizeibeamten missbraucht   Plötzlich macht das krampfhafte Festhalten an seiner Schreckschusswaffe einen Sinn. Seine Aussage vor dem Kollegen. Aufgrund der Gesamtumstände kam man zu diesem Schluss.

Hättest du nicht friedlich wie andere Selbstmörder Tabletten einwerfen oder dich auf die Gleise legen können? Warum zerstörst du nicht nur dein Leben? Fragen, die er niemals mehr beantworten kann.

Welche Mutter möchte dies hören? Keine! Mein Sohn bringt sich nicht um …

… Meine Traumfrau leidet mit mir. Sie hat Verständnis und gibt mir die Unterstützung, die ich brauche. Alles wird gut – alles wird gut …

Wird es nicht!

… Monate später steht mir die Mutter Auge in Auge gegenüber. Ihre Alkoholfahne dringt bis zu mir durch. Sie hat die Fäuste geballt und der Hass springt mir entgegen, dass es mir in der Seele schmerzt. Ein zufälliges Treffen in einem Biergarten. Peter, der gemeinsame Freund, zieht die Mutter weg von mir. Nicht weit genug. Ziehe sie ganz weit weg. Ich kann sie nicht mehr sehen. Sie leidet. Ich habe ja Verständnis. Habe doch selbst Kinder. Kann ihre Lage verstehen.

Warum versteht sie meine nicht wenigstens ein klein wenig?

Mein Körper wehrt sich. Gehörsturz – Bluthochdruck … Ich habe den Bruder getroffen und wir haben geredet. Lange. Intensiv. Gut. Wir haben geweint. Wir sind als Freunde auseinander gegangen. Ich hatte flehentlich um diese Aussprache gebeten.

Seine Eltern fragen sich wieder und wieder: „Warum schießt er so oft auf unseren Sohn? Warum schießt er ihm nicht in die Schulter? Warum schießt er ihm nicht die Waffe aus der Hand? Warum erzählt dieser Mann im Fernsehen, dass unser Sohn bald vernehmungsfähig ist?"

Wir waren heute in der Intensivstation. Er hängt an allen Geräten und Schläuchen, die sie dort haben. Der Arzt erklärt, dass er sterben wird … Warum? Warum?

Es fällt mir nicht leicht, diese Fragen zu beantworten, aber ich versuche es. Ich bin nicht der Meisterschütze, der in solch einer akuten Situation gezielt schießen kann. Das geht nur in amerikanischen Krimis. Ich musste so oft schießen, weil er die Waffe ewig nicht gesenkt hat. Und für die Aussage des Pressesprechers bin ich auch nicht verantwortlich.

Erklärungsversuche …

Er hat mir verziehen. Was verzeihen? Falsche Aussage. Er hat Verständnis! Ich habe dieses Gespräch gesucht, herbei gesehnt, doch immer wieder vor mir her geschoben. Nur aus Angst vor der Reaktion.

Es war ein gutes Gespräch. Seine Eltern leiden sehr. Ich muss versprechen, dass ich nicht auf sie zugehe und das Gespräch suche. Lass ihnen Zeit, sagt er. Es ist noch zu frisch. Ich verspreche es …

Es geht nicht mehr. Mein Körper und mein Geist geben auf. Der Akku ist leer. Die Batterien laden sich nicht mehr auf. Ich gehe in die Klinik. Psychosomatische Fachklinik 400 Kilometer entfernt. Spezialisten. Fachleute

183 Patienten – nicht nur Leute mit einem Sprung in der Schüssel. 3D-Klinik: Dicke – Dünne und Doofe (wie damals in jungen Jahren vor der Polizeikaserne – schon erschreckend die Ähnlichkeit zwischen Polizei und Klapse …).

Monstermenschen, die ihr Gewicht nur noch mit Stock halten und fast nicht mehr laufen können – unglaublich! Junge Mädchen, die unter Essstörungen leiden und nur noch Haut und Knochen sind – Menschen mit Zwängen, Neurosen, Phobien, Depressionen.

Faszinierend, was es für Störungen in der menschlichen Psyche gibt. Aber wo sind denn die vielen Traumapatienten? Ach – nur noch eine! Da können wir ja gewaltig Erfahrung austauschen, wir zwei …

So traf ich meine kleine Freundin Anja, deren Schicksal mich so erschüttert, gleichzeitig aber auch aufgebaut hat. Da ist mein Fall so klein und winzig, wenn ich sehe, was andere Menschen, und speziell Anja, für ein Päckchen zu tragen haben. Und dies mit einer Kraft, die unvorstellbar ist. Ihr Sohn Felix wurde ermordet … Vom Kindermörder aus dem Norden, der nicht nur Felix, sondern auch noch ein kleines Mädchen umbrachte.

Und diese Frau schafft es, mit ihrem harten Los andere Menschen aufzubauen und in den Hintern zu treten. Nicht aufgeben – es geht weiter! Sie hat einen so dicken Schutzwall um sich aufgebaut, dass nur sehr wenige Menschen dahinter blicken können. Und auch nur, wenn sie es zulässt.

Meist merke ich, wenn es ihr so richtig scheiße geht. Für viele oder die meisten ist sie die Resolute, die sich nichts gefallen lässt und die nichts erschüttern kann. Sie kennen ihr fürchterliches Schicksal nicht. Nur ganz wenige sind eingeweiht und können die Signale, die sie ab und zu unbewusst sendet, richtig deuten. Obwohl sie eine hervorragende Schauspielerin ist …

Ich bewundere diese kleine starke Frau. An ihr ziehe ich mich hoch. Wenn sie es schafft mit dieser fürchterlichen Vorgeschichte, dann werde ich es auch schaffen. Wir sind uns beide eine sehr große Hilfe. Obwohl der Professor mir dringend geraten hat, mich von dieser Frau fernzuhalten. Das würde uns beiden nicht gut tun ... Da hat er sich mal ganz gewaltig getäuscht, der große Fachmann ...

Erfahrungsaustausch unter Leidenden ...

Einzelzimmer – klein und doch recht geschmacklos eingerichtet. Kein Radio – kein Fernseher ... Nur du und dein Problem. Eingepfercht auf wenige Quadratmeter. Ab 22.30 Uhr hast du dich in deinem Zimmer aufzuhalten. Verbot, es zu verlassen ... WAS? Ich kann doch nicht schlafen, bin rast- und ruhelos. Soll ich bis 4.00 Uhr im Kreis laufen wie in der Knastzelle? Hatte noch nie Platzangst. Ich stehe kurz davor. Nach ewigen Debatten mit meinem Arzt erhalte ich als einziger Patient der Klinik die Ausnahmegenehmigung nach 22.30 Uhr mein Zimmer verlassen zu dürfen.

Ich sitze unten im Atrium und lese bis in den Morgen und werde regelmäßig von den Nachtschwestern angepfiffen: „Was machen Sie denn noch hier? Sofort in Ihr Zimmer! Ach so – Sie sind es. Sie haben die Ausnahmegenehmigung. Dann ist es ja gut ..."

Den ersten Jahrestag meines Vorfalles erlebe ich in der Klinik. 01.03.2005, gegen 23.00 Uhr ... Mit Ausnahmegenehmigung laufe ich ruhelos in den Klinikgängen umher. Das Buch, das ich zur Ablenkung mitgenommen habe, bleibt heute Nacht geschlossen. Ich habe keine Konzentration zum Lesen. Die Bilder tauchen in schrecklicher Form wieder auf. Keiner da zum Reden. Alle sind in den Zimmern. Anja, jetzt bräuchte ich dich so dringend ... Aber auch diese Nacht geht vorbei. Ohne Schlaf. Mir wird ja geholfen hier. Wo wart ihr fachlichen Helfer in meiner schlimmen Nacht?

Im Knast haben sie es vermutlich besser ... Wo bin ich nur hingeraten?

Einzelgespräche – Gruppengespräche – Entspannung – Problemlösungsgruppen – Sport – Rollenspiele ...

Die Menschen hier werden aufgeteilt. In dicke Gruppen – dünne Gruppen und doofe Gruppen. Ich bin bei den Doofen. Wie im Fernsehen. Die ganzen Durchgeknallten sitzen im Kreis und haben ihren Aufseher dabei. Erwachsene Menschen, Akademiker, Ärzte und andere Spezies üben im Rollenspiel, wie man sich mit seiner Tochter unterhält, wenn man mit ihr ein Problem hat. Man übt, wie man sich im Kaufhaus an der Kasse beschwert, falls man zu wenig Wechselgeld bekommen hat???

Der Zahnarzt sitzt mit einem zweiten Patienten inmitten der Gruppe. Beide auf Stühlen – Rücken an Rücken. Sie heben ihre Faust ans Ohr, um ein Telefonieren zu simulieren. Er übt bei diesem Rollenspiel ein Gespräch mit der Tochter. Er will ihr erklären, dass sie das von ihm gekaufte Auto demnächst selbst unterhalten soll. Steuer – Versicherung ... Dies ist sehr interessant für mich. Warum muss so was geübt werden vor einer Gruppe von Gestörten, die dann anschließend auch noch ihre überflüssigen Kommentare abgeben sollen? Kann ein Vater seiner Tochter das nicht sagen? Persönlich?

Die Gruppe urteilt dann über Art und Weise des geführten Gespräches. Eine Mitpatientin, noch sehr jung, die jeden immer wieder und überall fragt, ob es ihm wirklich gut gehe, sagt jede Woche, bei jedem Rollenspiel, ständig das Gleiche:

„Das hast du gut gemacht. Deine Stimme war ruhig und fest.
Du warst gelassen!"

Bei jedem Rollenspiel ... Die hat doch eine Meise! Sie soll einfach nur die Klappe halten! Ihre übertriebene, aufgesetzte Fürsorglichkeit geht mir so auf den Senkel. Da ist auch ihr jugendliches Alter keine Ausrede. Es gibt mehr Jüngere hier, die nicht den allzeit Besorgten spielen ...

Das Lächeln, das sich bei ihrem Erscheinen sofort ins Gesicht setzt, ist keine Sympathie, sondern Abwehr, um die obligatorische Frage nach dem Gemütszustand zu verhindern.

Ich bekomme hier bald 'ne Krise. Wenn die Besprechung dann vorbei ist, meist mit sinnlosen Verbesserungsvorschlägen, übt derjenige sein Rollenspiel noch einmal, damit die Kritiker in der Gruppe sehen können, ob der Mist jetzt fließender kam ...

In der Raucherzone treffe ich den ca. 40-jährigen Chirurgen, der in einer Klinik gleich in der Nähe arbeitet und auch hier in Behandlung ist. Er ist ständig schlecht gelaunt und erzählt gern sein Leid. Ich wurde von ihm auserwählt, diese Story Tag für Tag, Woche für Woche zu hören. Trennung von der Lebensgefährtin. Die Krankenschwester hat ihn nach mehrmonatiger Gemeinschaft verlassen. Ist ja an und für sich nichts Schlimmes. Er weint gern und viel. Ein hochintelligenter Mann. Hat zwei Söhne, die er beim Erzählen nur „Sohn 1" und „Sohn 2" nennt. Keine Namen???

Viele Mitpatientinnen in unserer Gruppe haben Angst vor ihm. Nur Anja nicht. Sie gibt ihm Kontra. Mit großen Augen beginnt er sich zu verändern. Er überlegt sich seine früheren, absonderlichen Sprüche, ist sogar bereit, Hilfe anzubieten für die Kranken, die darum bitten.

Er warf Anja einmal vor, dass sie überhaupt nicht wisse, was Verlust sei! Da kam er gerade an die Richtige. Nachdem sie ihm so richtig den Kopf gewaschen und ihm erklärt hatte, wer sie ist, wurde er umgänglicher.

Er und seine Freundin hätten doch noch vor geraumer Zeit gemeinsam Schlafanzüge für ihn gekauft. Er habe sie doch stundenlang gestreichelt. Das MUSS doch Liebe sein. Er weint wieder und ist suizidgefährdet. Er bekommt Ausgangssperre von seinen medizinischen Kollegen.

Wenn ich diese Einstellung und so viel Tränen vergossen hätte, wäre ich schon vor Jahren ausgetrocknet und sähe aus wie eine Mumie, so viele Frauen haben mich schon verlassen. Gerechterweise muss ich aber zugeben, dass niemals eine Frau zusammen mit mir

Schlafanzüge gekauft hat. Kann aber daran liegen, dass ich diese Dinger hasse und lieber ohne schlafe. Und meine Töchter haben Namen: Nicole und Nina …

Es geht so weit, dass ich erst schaue, ob er in der Nähe ist, wenn ich rauchen will. Gelingt oft, ihm zu entrinnen, aber nicht immer. Er erwischt mich doch …

… aber die Schlafanzüge …
… stundenlang gestreichelt …

Ich kann es nicht mehr hören!

WO BIN ICH NUR?

Angstgruppe – Schlafgruppe – Depressionsgruppe – progressive Muskelentspannungsgruppe (Jacobsen lässt grüßen)
Wo ist meine Traumagruppe? Gibt es hier nicht.

Schlafgruppe – Ich weiß jetzt, dass mein Bett nur zum Schlafen da ist. Nicht lesen – nicht grübeln – nicht träumen … Wenn die schlechten Gedanken kommen und einen nicht mehr aus den Fängen lassen, habe ich aufzustehen und in meinem „Grübelstuhl" Platz zu nehmen. Grübelstuhl? Diesen Begriff kannte ich auch noch nicht. Wenn der Schlaf nicht kommt, ab in den Stuhl – kurz grübeln und nachdenken – dann wieder Bett. Wenn es nicht klappt mit Schlafen, aufstehen und in den Grübelstuhl … Ich wollte eigentlich nicht zum Wanderer werden, hier in meinem trostlosen Zimmer.

In der Problemlösungsgruppe stellt jeder Patient im Laufe seines Aufenthaltes sein genaues, spezielles

Problem bzw. seine Krankheit bis ins Kleinste vor. Der Therapeut als Talkmaster leitet die Sitzung, notiert sie bis ins Detail an der großen Schreibtafel und dann versuchen die anderen Doofen sein Problem zu lösen!? Es gibt nichts Schlimmeres, wenn dumme Menschen dir beknackte Ratschläge geben, die sie auch noch ernst meinen. Einige Wenige in der Gruppe sind in der Lage, das geschilderte Problem zu verarbeiten und *eventuell* einen Rat zu geben. Funktioniert bei nicht allzu großen Problemen.

Es geht auch sehr an die Seele, wenn dir ein Mensch gegenüber sitzt, den du in der Klinik schätzen gelernt hast, und diese Person schildert weinend ein hartes Schicksal oder ein schlimmes Krankheitsbild. Das geht einem selbst durch Mark und Bein.

Ich habe doch mit meinem eigenen Problem genug zu kämpfen! Jetzt belastet man mich auch noch mit den schlimmen Erlebnissen anderer …

Meine Weigerung beim Arzt stößt auf Unverständnis. Diese Menschen werden mir bei meinem Problem mit Sicherheit keine Ratschläge geben. Ich zermartere mir seit ewig langer Zeit den Schädel und komme auf keinen grünen Zweig. Und plötzlich sind diese Mitpatienten des Rätsels Lösung … Bestimmt nicht.

Dumme Sprüche bekam ich schon reichlich …

Auch Anja weigert sich, ihr Problem öffentlich behandeln zu lassen. Ist auch besser so. Viele der Gruppenmitglieder hätten dies nicht verkraften können.

Die morgendlichen Schlangen an der hauseigenen Apotheke. Die Doofen holen ihr Manna. Antidepressiva … Gibt es in allen Farben und Größen. Tauschst du mit mir? Bekommst zwei blaue für eine grüne …

Wenn man gegen die harten Regeln verstößt und dabei auch noch erwischt wird, bekommt man einen Verweis. Kleiner Verstoß – mündlicher Verweis. Großer Verstoß – schriftlicher Verweis. Ganz großer Verstoß – Entlassung. Wie in der Schule. Nur die Muttis müssen nicht unterschreiben.

Rauchen auf dem Balkon des Einzelzimmers – schriftlicher Verweis. Entlassung nach dem zweiten Verweis. Drakonisch. Meine erste heimliche Zigarette nachts um 0.30 Uhr habe ich erst nach Tagen mit klopfendem Herzen und schlechtem Gewissen geraucht. Zusammengekauert auf dem Boden. Fast fünfzig und Angst wie ein ganz Junger. Bis ich merkte, dass von den oberen Stockwerken ständig die Kippen flogen. Man wird dann in den nächsten Tagen und Wochen schon lockerer. Erfahrungswerte.

Der eigentliche Raucherbereich befindet sich vor der Klinik. Gleich links neben den wenigen Parkplätzen steht eine Bretterbude, ohne Fenster mit großen Öffnungen, damit der kalte Wind so richtig durchpfeifen kann. Aber man hat Blick nach außen auf den Parkplatz. Bin ständig erkältet. Ist schon noch etwas kühl im Februar Davor auf dem Boden des Weges zwei ganz dicke Striche. Genau zwischen diesen Strichen darf und muss man stehen, wenn man außerhalb des Raucherpavillons rauchen sollte. So nannten sie diesen Verschlag: „Pavillon."

Ich war einer der Patienten, dem sowohl ein mündlicher als auch ein schriftlicher Verweis erteilt wurde.

Atrium kurz vor 22.30 Uhr. Ein 18-jähriger Mann, sehr krank, sitzt auf der Ledercouch und weint. In den Tagen davor hat dieser sehr abweisende und in sich gekehrte Jüngling mich etwas an sich heran gelassen, als er erfuhr, dass ich Polizist bin. Wir haben ein schönes Gespräch geführt. Nun sitzt er und weint.

Nur – die Zeit ist ungünstig. Kurz vor Einschluss. Da hat man nicht zu weinen. Und wenn doch, dann im Zimmer. Ich versuche ihm zu helfen. Wir reden noch 15 Minuten auf dem Gang vor unseren Zimmern. Ich darf ja – Ausnahmegenehmigung. Nur er darf nicht. Die Furie, die sich Nachtschwester nannte, kam mit wehendem Rock und notierte sich unsere Namen. „Herr Doktor, ich weiß was!" Meine Erklärungsversuche blieben unerhört. Sie scheint auch immun gegen Tränen. Arbeitet ja auch nur in einer psychosomatischen Fachklinik. Da muss man nicht feinfühlig sein. Wichtig sind die Regeln.

Nächster Tag Einlauf vom Therapeuten. Nach 22.30 Uhr habe ich keinen Patienten mehr in ein Gespräch zu verwickeln. WAS? Wo bleibt euer Verständnis?

Euer viel gepriesener Slogan der Klinik:

„Handeln – statt behandeln!"

Ich habe gehandelt und versucht, einem Mitpatienten zu helfen. Psychologie – wer kann das schon verstehen? Mündlicher Verweis. Der junge Mann bekam die schriftliche Version.

Samstagabend hatten wir Ausgang bis 23.30 Uhr. Wow! Eine Stunde länger. Wir werden von der Nachtschwester gegen 23.32 Uhr aus der Cafeteria gejagt. Nicht aber, ohne vorher die Namen der Übeltäter zu notieren. Mit einem zur Faust geballten Gesicht.

Mein Zimmernachbar aus dem Norden kann auch nicht schlafen. Wir unterhalten uns noch bei mir. Sonntag keine Therapien.

Kein Geschrei – kein lautes Lachen. Nur leises Gespräch.

Dann kurzes hartes Klopfen und der Spruch der Nachtschwester: „Ich schließe jetzt auf. Die Bereitschaftsärztin ist auch dabei." Man kann sein Zimmer zwar von innen abschließen, aber das Personal hat die Möglichkeit trotzdem von außen zu öffnen. Macht Sinn. Ist ja kein Problem für mich. Habe ja nichts angestellt. Oder doch?

Sie wollten mich gerne mit einer der Frauen erwischen, die noch vorher unten in der Cafeteria mit am Tisch saßen. Deshalb die Ärztin. Als Zeugin der Anklage. Ihr seid so armselig … Das war dann also mein schriftlicher Verweis.

Menschen mit Alkoholproblemen oder Medikamentenabhängigkeit in der Vorgeschichte unterschrieben bei der Aufnahme die Einverständniserklärung, dass immer und zu jeder Zeit Kontrollen des Zimmers und auch der Person möglich seien und vom Patienten geduldet werden. Stelle man sich so vor, dass nachts um 2.00 Uhr plötzlich zwei weiß gekleidete Gestalten neben deinem Bett stehen, dich wecken und dir das Alkoholtestgerät ins Gesicht drücken. Geräte wie bei uns beim Staat. Oder dir nachts die Bude zerlegen, um nach versteckten, von zu Hause mitgebrachten Medikamenten zu suchen …

Diese Unterschriften musste ich nicht leisten. Dem Herrgott sei Dank. Albträume ohne Ende und plötzlich die kalte Hand, die deine Schulter schüttelt … Ist auch eine Form der Therapie:

Härtetest …

Bei meinen Einzelgesprächen mit meinem mir zugewiesenen Psychologen erfahre ich auch ständig Gegensätzliches. Zuerst ein Rat bei Auftreten schlimmer Bilder oder Gedanken: Ein STOP-Schild vorstellen und die Bilder dazu zwingen, anzuhalten und zu verschwinden. Klingt ja gut …

Zweiter Rat: Die Bilder und Gedanken wie einen Zug vorbeifahren lassen. Denn irgendwann ist ja auch ein Zug zu Ende.

Ja – was denn nun? STOP oder ZUG??? Ich setze mich einfach mit meinem Stoppschild in den Zug und halte still … **Geht doch!** NEIN!!! Geht nicht. Ich bin verwirrt ohne Ende.

Mein Chirurg hat immer die Therapie nach mir und wartet regelmäßig schon vor der Tür. Ich bin noch nicht richtig draußen, da höre ich schon die mir so bekannten Wortfetzen:

… Schlafanzüge – streicheln …
… Liebe …

Diese Therapeuten müssen Nerven wie Drahtseile haben.

Anja, Claudia, Nathalie (ist eine liebe depressive Mittdreißigerin mit dem Gemüt eines Teenagers – liebt alle Patienten, teilt dies auch mit und bekommt ihr Leben nicht in den Griff. Sie möchte man ständig tröstend in den Arm nehmen. Sie ist hier in der Klinik meine kleine Schwester.) und ich gehen abends in der Klinik in die Geisterbahn. Ist ganz einfach und billig. In der unter der Woche bis 22.30 Uhr geöffneten bzw. zugänglichen Cafeteria ist der Aufenthaltsplatz für die Menschen, die sich nicht ganz in ihrem Zimmer verkriechen wollen. Es wird heißes Wasser angeboten für die große Teeauswahl.

Ausgerüstet mit Naschereien sitzen wir in der hintersten Ecke des Raumes. Dort hat man den besten Überblick. Die einzelnen Gruppen, die sich im Raum aufhalten, könnten nicht unterschiedlicher sein. Plötzliches hysterisches lautes Weinen zeigt den Tisch der Depressiven an.

Wir haben eine Strickgruppe mit Frauen, die ohne Worte und mit leeren Blicken ihrem Hobby frönen. Ein Tisch ist mit Menschen besetzt, die nichts machen. Kein Gespräch – kein Hobby – keinen Tee. Nur dasitzen mit stumpfem Blick.

Von den Dicken passen nur wenige an einen Tisch. Sie bekommen hier in der Klinik keinerlei Diätvorschriften oder reduzierte Kost. Haben Zugang zum sehr guten Essen wie auch die Doofen. Sinn ist der, dass der Patient selbst entscheiden soll, wie viel und was er isst. Ist schon was dran. Hilft ja alles nichts, wenn ich während der Therapie nur mit 500 Kalorien gerade so am Leben erhalten werde, dies auch einhalte bzw. einhalten muss, jedoch nach Rückkehr in die Heimat mit der gleichen Essgewohnheit fortfahre, die ich vor der Klinik hatte. Das Konzept macht Sinn und ist für jedermann nachvollziehbar. Aber nur für die Dicken, die wirklich was ändern wollen. Viele schaffen dies nicht.

Eine Gruppe mit Kranken, die sich über den Tag wortlos mit schlurfenden Schritten und leeren Augen von einer Sitzung in die nächste schleppen. Man möchte sie vor Mitleid in den Arm nehmen. Jetzt aber, gerade zurückgekehrt von einer Faschingsveranstaltung, blühen sie auf, lachen und sind gesellig. Die leuchtenden Augen erzählen eine ganz andere Sprache als noch vor acht Stunden.

Bin ich unter die Schauspieler geraten? Der junge Mann mit der Essphobie. Hat sich ein halbes Jahr nur von Joghurt oder sonstigen flüssigen Sachen ernährt, bis er in die Klinik kam. Hat Panik vor fester Nahrung. Wäre fast mal erstickt an einem Bissen. Verschluckt? Haben wir das nicht alle mal erlebt?

Heute geht es ihm gut. Beim Vernichten von Alkohol scheint er keine Phobie zu haben. Er ist als Frau maskiert und in bester Stimmung. Wo bin ich nur? Es ist doch unmöglich, meine schlimmen Beschwerden nach Ende der täglichen Therapien wie eine Schlangenhaut abzuwerfen und in der Stadt den gut gelaunten Gaudiwurm zu markieren …

Der Mann mit den Zwängen bekommt von der Frau mit den Depressionen noch schnell und leise mitgeteilt, dass sie ihre Türe nicht abschließt … Ist zwar in der Klinik streng verboten und wird mit der Entlassung bestraft, aber wenn die Liebe doch so groß ist …

Geisterbahn …

Wir Einäugigen unter den Blinden brauchen an diesem Ort keinen Fernseher. Das Leben hier ist so unterhaltsam …

Wenn es nur nicht so traurig wäre.

2002 – Ich habe mein Hobby mit den Ops ausgebaut. Werde gerade das zweite Mal nach 1997 an meiner Halswirbelsäule operiert. Bandscheibenvorfälle am Hals. Hat man doch unten am Rücken, oder? 'ne – normal sind die anderen. Ich habe den Mist am Hals. Bin jetzt Metallträger. (Nein – kein Bundesverdienstkreuz.) Titankäfige als Bandscheibenersatz. Hat nicht viel genützt. Anfang 2003 wieder unters Messer. Der dritte Vorfall am Hals. Noch mehr Titan – noch mehr Schmerzen. Und als Zugabe schnell noch eine am rechten Ellenbogen. Der löst sich langsam auf und die Knorpelteile schwimmen im Gelenk.

Bin ja belastbar. Es läuft doch. Rausgeworfen von der Ehefrau – Wohnungssuche – Geldprobleme – Gefühlschaos – da habe ich doch reichlich Zeit fürs Krankenhaus. **Geht doch!**

Geld habe ich keines, dafür bin ich doch wenigstens gesund??? Klappt nicht wirklich. Zwischen den Leiden bleibt fast keine Zeit für den Dienst.

Aber ich kämpfe mich jedes Mal zurück auf die Straße. Beförderung – mehr Geld … Hätte fast geklappt. Wurde aber zurückgestellt aus Mangel an der gesundheitlichen Eignung. Was ist das denn jetzt? Ich mache das doch nicht freiwillig. Stillhalten! **Geht doch!**

Ich hasse diesen Mist in der Klinik. Meine Therapie hole ich mir im nahe gelegenen Café mit Anja und Claudia. Diese Gespräche sind tausend Mal mehr wert als die beknackten Rollenspiele mit den anderen Doofen. Claudia ist auch ein Herz von einem Menschen. Depressiv, leicht übergewichtig – offen und ehrlich. Diese Gespräche halten mich am Leben.

Claudia lebt getrennt, nicht weit von der Klinik, hat zwei Kinder und kämpft Tag für Tag um ihre Zufriedenheit. Und doch hat sie immer ein Ohr für die anderen. Erkennt, wenn Anja Hilfe braucht, wenn ich gerade im tiefen Loch sitze. Unsere häufigen Treffen im Café sind so wichtig für mich.

Anja scheint Kraft für uns alle zu haben.

Hier ist meine Problemlösungsgruppe. Mit Menschen, die Verständnis haben und intelligent sind.

Keinen Mist erzählen. Dazu brauche ich keine Psychologen.

Der Jacobsen klappt auch perfekt und auf Kommando. Kann die Arschbacken anspannen, lockern und schon geht es mir gut ... Wird jeden Tag von den Therapeuten mit einer Hingabe praktiziert. Vom Feinsten. Das geht bis ins Hirn und du bist schon fast wieder gesund.

Die Schlafstörungen und die fürchterlichen Albträume lassen nicht nach. Immer von wahnsinniger Gewalt geprägt. Riesige Mündungen, Menschen ohne Hände, Einschläge der Kugeln in meinem Körper, ich spüre fast den körperlichen Schmerz, das Zerreißen der Haut und das Eindringen in meinen Körper. Hinter den tiefschwarzen Mündungen kann ich die Hände, die ich nicht sehen kann, nur erahnen. Ich würde sie so gerne sehen. Leer – ohne Gefahr für mich. Es ist mir nicht vergönnt. In meinen Träumen haben die Menschen keine Hände. Dunkle bedrohliche Mündungen ...

Niemand kann sich dieses nächtliche Chaos vorstellen. Die immer wiederkehrende Angst vor dem Einschlafen. Wo soll die Erholung herkommen?

Logisch – jeder hat schon mal schlecht geträumt und ist mit klopfendem Herzen erwacht. Froh, wieder in der realen Welt zu sein. Aber wenn dieser Mist Tag für Tag, Woche für Woche kommt, ohne Hoffnung auf Besserung ...

Wo ist mein Stoppschild? Warum fährt gerade an mir der Zug vorbei, der KEIN Ende hat? Er rattert Nacht für Nacht und geht bis ans Ende der Welt.

Jeder Muskel ist verkrampft vor Angst und Panik. Eine nächtliche Form des Herrn Jacobsen … Nur mit der Entspannung klappt es nicht.

Der Professor erscheint einmal die Woche in deiner Kemenate und erkundigt sich nach deinem Wohlbefinden. Macht er im Akkord von einem Zimmer zum nächsten. Da solltest du keine Frage haben, deren Beantwortung länger als 12 Sekunden dauert. Sonst kommt der Chef zu spät zum Doofen im Nachbarzimmer … Wichtig ist der Händedruck, denn der wird reichlich abgerechnet bei uns Privatpatienten …

Soweit ich es in den äußerst kurzen Momenten der Anwesenheit beurteilen konnte, machte er schon einen sehr kompetenten Eindruck, der Herr Professor … Glaube ich …

Acht lange Wochen halte ich aus in diesem Irrenhaus. Habe Heimweh ohne Ende. Zwei Mal werde ich besucht von meiner Lebensgefährtin und meinem Freund Helmut mit Frau Heike. Er ist der einzige Kollege, der mich besucht oder sich nach meinem Befinden erkundigt. Nein – stimmt nicht! Danke Stefan für deinen Anruf!

Ist wie Weihnachten.

Darf eine Nacht außerhalb schlafen. Miete in einer netten Pension, Zimmer für uns. Die Haut, die ich in dieser Nacht spürte, war so sanft und noch weicher. Ich war aufgeregt wie beim ersten Mal. Die Zeit der kalten Duschen ist für kurze Zeit vorbei.

Es ist jedoch ein Geben und Nehmen. Am nächsten Morgen war die Seitenscheibe ihres Cabrios eingeschlagen und das Navigationsgerät geklaut … Da war es schnell vorbei mit der romantischen Stimmung. Verständlich. Ihre Heimfahrt mit der mit Pappe notdürftig verschlossenen Scheibe bei minus 8 Grad war sicherlich nicht angenehm. 700 Euro …

Warum scheißt der Teufel eigentlich immer auf meinen schon recht großen Haufen?
Was habe ich nur getan, dass ich so gestraft werde?

Es gab jedoch auch schöne Momente in dieser Klinik. Die Sporttherapie wurde in einer kleinen, aber schönen Halle durchgeführt. Der Therapeut konnte sehr gut mit Menschen umgehen (sollten doch eigentlich alle Angestellten der Klinik).

Man hatte die Möglichkeit abends diese Halle zu nutzen. Es fand sich eine Volleyball- und Badmintongruppe. Machte so richtig Laune. Anja kann alles. Ratschläge geben, dich ermuntern, antreiben, Kraft spenden, sich verstellen, gut gelaunt wirken und sehr gut Badminton und Volleyball spielen. Machen wir oft, wenn die Geisterbahn überfüllt ist.

Die Therapeutin der Ergotherapie fasziniert mich. Ca. 20 Doofe werden in mehrere Gruppen aufgeteilt und bekommen von ihr ein Thema unterschiedlichster Art, z. B. die Kleingruppe zieht in eine WG. Wie würde sie jeder Einzelne gestalten? Oder ihr landet auf einer einsamen Insel: Was würdet ihr mitnehmen? Dann die gemeinsame Bearbeitung durch die Gruppe. Ca. 30 Minuten. Dann wieder alle in die Runde und

Besprechen der einzelnen Gruppenlösungen. Wichtig ist dabei nicht, was die Gruppe gemalt, gebastelt oder zu Papier gebracht hat, sondern wie sich jeder einzelne der Gruppe beim Ausarbeiten behauptet hat. Ist er der Führertyp, der Mitfahrer, der Kreative, der Scheue …

Mein Chirurg liest meist Zeitung … Er scheint mehr der Schüchterne.

Nur darum geht es bei diesen Übungen. Und diese einzigartige Therapeutin hat eine solch gute Beobachtungsgabe, dass sie jeden Einzelnen genau richtig einschätzen kann und dies bei ihrer anschließenden Analyse genial dokumentiert. Gibt Verbesserungsvorschläge, Anregungen, Tipps. Auch den Chirurgen schätzt sie richtig ein: Er ist begnadeter Zeitungsleser …

Gigantisch.

Auch in meinem Beruf, in meinem ersten Leben, ist eine gewisse Menschenkenntnis hilfreich. Davon hatte ich nach vielen Dienstjahren reichlich. Aber gegen diese Psychologin bin ich ein so kleines Licht. Es scheint, als ob sie direkt in unseren Kopf schauen kann. Wie durch Glas.

Die Therapie hat sich auch gelohnt. Kann jetzt schon mal zwei Stunden am Stück schlafen, ohne Mist zu träumen. **Geht doch!** Werde entlassen mit den Worten: „Sie können gerne wiederkommen!" Die Prognose erscheint günstig. Die Belastungsreaktionen können schon noch verschwinden in einigen Jahren oder Jahrzehnten …

„Wenn nicht – unsere Tür steht Ihnen jederzeit offen." Bestimmt nicht! Habe ständig Muskelkater im Arsch vom vielen Anspannen – behaltet mal euren Jacobsen …

2005 – Es ist so weit: Bin wieder mal im Dienst. Die Angst, mein ständiger Begleiter, hat sich nach meinem Klinikaufenthalt nicht gebessert. Aber ich gebe meinen Kampf nicht auf. Sitze im Büro meines Chefs und warte auf die Eröffnung meiner Beurteilung (übrigens sitze ich nicht auf seinem Schoß). Ist bei uns alle drei Jahre so weit. Da bekommt man Punkte – mal viel – mal weniger. Wie in der Schule … Wer viele Punkte hat, ist ein Guter und wird befördert. Der andere glotzt in die Röhre. Mein Chef teilt mir mit, dass ich ja in den letzten drei Jahren etwas nachgelassen hätte und deshalb von meinem bisherigen mickrigen Punktekonto noch einer abgezogen werden muss.

Jetzt platzt mir aber der Kragen. Was erwartet denn dieser Heinz von mir?

„Chef! In den letzten drei Jahren war ich 13 Monate am Stück krank mit mehreren Operationen, davon zwei sehr schweren … dann hat mich meine Ehefrau mit meinem Freund betrogen, mich rausgeworfen und mich dadurch finanziell ruiniert. Und als i-Tüpfelchen hatte ich diesen tödlichen, für mich schicksalhaften Schusswaffengebrauch. Sogar der Dümmste dürfte begreifen, dass ich dadurch vielleicht nicht ganz so konzentriert und engagiert arbeiten konnte wie die anderen ausgeglichenen und zufriedenen Kollegen. Und als Dank bekomme ich nun nicht mal mehr die gleiche Punktzahl, sondern noch einen Punkt abgezogen.

Danke fürs Gespräch …"

Ich habe ihm diesen Mistzettel auf den Schreibtisch geworfen und bin aus dem Büro. Doch schon auf dem Gang musste ich grinsen. Die dümmlichen, peinlich berührten Gesichter der Männer, die mir jegliche Unterstützung versprachen nach meinem Vorfall …

So sieht der Dank aus bei der Polizei … Aber ich kämpfe mich weiter mit Angst in den Streifenwagen, in den harten Alltag auf der Straße, denn:

ES GEHT DOCH!

Die Doofen aus der Klinik sitzen bei mir im Garten. Grillfest über dem Kuckucksnest …

Der Kontakt zu den Guten der Klinik ist nicht abgerissen. Auch nach der Klinikentlassung nicht. Anja ist da und Holger. Ein geiler Typ aus dem Norden. Das ist der Jack Nicholsen unter uns. Er war mein Gesprächspartner an jenem Samstagabend nach 23.30 Uhr. Er bekam auch einen Verweis.

Gehobener Dienst bei der Arbeitsagentur. Burn out … Das hatte er aber nur tagsüber bei den Therapien. Er konnte seine Beschwerden selten mitteilen oder ausleben. Ein Typ wie ich. Stark und unangreifbar …

Abends ging er Tennis spielen und fuhr mit seiner 150 PS Maschine übers Land. Er kann eine ganze Truppe allein unterhalten. Ich liebe diesen Menschen. Leider ist der Kontakt nach diesem Grillfest fast vollständig abgebrochen. Auch bei Anja meldet er sich nicht mehr. Er fehlt uns; seine offene, ehrliche Art, die ihn so liebenswert machte. Er wird mein Freund bleiben, auch ohne Kontakt. Vielleicht bekommt er ja mal zufällig dieses Buch in die Hand, erkennt sich und erinnert sich an den Doofen aus dem Nachbarzimmer, der sich über eine Nachricht oder ein Lebenszeichen so freuen würde …

Wir haben gemeinsam zwei Verweise überstanden.

Seine Beschwerden sind noch nicht ganz abgeklungen. Er arbeitet nur ein paar Stunden am Tag als Wiedereingliederung … Burn out …

Burn out kannte ich vorher auch noch nicht. Viele Lehrer und Bundeswehrwehroffiziere waren in meiner Doofengruppe. Fast nur Privatpatienten. Ausgebrannt! Kann bis heute nicht begreifen, wie die ca. 55-jährige Grundschullehrerin, die seit fast 30 Jahren nur die ersten vier Klassen unterrichtet – das sind ja wirklich nur die Zwerge, die ihre Lehrerin mit großen Augen anschauen und bewundern – plötzlich ohne Grund zusammenbricht und ihren Beruf nicht mehr ausüben kann – BURN OUT – man muss ja auch nicht alles begreifen …

Anja versucht ihr Leben auch langsam wieder zu ordnen. Sie wird das mit Sicherheit schaffen. Sie zeigt ungern Schwäche. Doch ab und zu blitzt die kleine, schwache, bis ins Innerste verletzte Frau durch ihren dicken Panzer, den sie sich zugelegt hat. Dann bin ich für sie da. Ich helfe gern, wenn sie es zulässt. Schon in der Klinik konnte ich ihren Gemütszustand gut einschätzen. Kenne ich ja von mir. Nach außen stark ohne Ende und innen meist so zerbrechlich …

Nur nichts anmerken lassen. Sie hat mir in der Klinik über die Zeit geholfen. Sie konnte sich nicht immer so gut verstellen, dass ihre Freunde nicht gemerkt hätten, wie schlecht es ihr wirklich ging.

Ob Claudia, Nathalie, Holger oder ich. Wir versuchten ihr Kraft, Zuversicht und Vertrauen zu geben. Haben sie auch mal aus der Lethargie gerissen, in er sie oft gnadenlos fest hing. Den eigenen Problemen zum Trotz ist man bereit, anderen zu helfen, und bekommt dieselbe Hilfe, wenn man sie braucht. Der Begriff dafür ist FREUNDSCHAFT! Eine eingeschworene Gemeinschaft in den Zeiten der Not und Verzweiflung …

Geben und Nehmen …

2005 – Der Klinikaufenthalt war nicht besonders hilfreich. Ich kämpfe weiter. Kann ja nicht mehr schlimmer kommen. Denkste!!!

Der Kontakt zu den Eltern ist noch nicht zustande gekommen. Er wäre mir so wichtig. Einfach zusammensetzen und reden. Aber ich habe Zeit und ein Versprechen gegeben. Zeit heilt alle oder viele Wunden … Hoffentlich!!!

Was ist passiert???

Von meinem Freund Peter erfahre ich, dass mein Arbeitgeber den Eltern eine Rechnung über fast

10 000,- Euro zugesandt hat. Klinikaufenthalt und Verdienstausfall des betroffenen Polizisten … Das kann es doch gar nicht geben …

War schon einige Wochen vorher merkwürdig, als sich der Bruder mir gegenüber seltsam verhielt. Ich hatte keine Erklärung dafür. Wir beide sind doch im Reinen mit unserem Umgang.

Der ganze gemeinsame Freundeskreis wusste über diese Forderung Bescheid. Nur ich nicht. Es wird hinter meinem Rücken getuschelt, wie der Mike so locker damit umgehen kann, ohne ein Wort zu verlieren.

Ich hatte keinerlei Chancen, damit umzugehen. Als Letzter habe ich davon erfahren. Keine Möglichkeit, früher zu reagieren. Es ist nicht leicht für meine Freunde, die auch die Eltern und den Bruder sehr gern haben. Sie sollen sich nicht entscheiden. Aber urteilt nicht über mich, wenn ihr die Einzelheiten nicht kennt.

Warum erfahre ich von euch nicht als Erster, was geschehen ist? Ich bin doch derjenige, den es betrifft. Nicht erst nach Wochen. Und auch nur, weil die Eltern und der Bruder gerade mal 50 m entfernt sitzen.

Sicher ist sicher. Jetzt sollten wir es dem Mike doch mal sagen, bevor ihn die Mutter vielleicht anfällt … Es ist nicht leicht für euch. Verständlich. Aber zuerst betrifft es nun mal mich. Und ich sollte das Recht haben, davon zu erfahren.

Die Mutter hätte einen Tobsuchtsanfall bekommen, als sie den Brief gelesen hat. Verständlich Begreife sogar ich.

„Erst erschießt er meinen Sohn und jetzt soll ich seinen Aufenthalt in der Klapse bezahlen!"

Wie soll ich jemals mein Ziel des gemeinsamen Gesprächs erreichen, wenn mir ständig solch große Steine in den Weg gelegt werden? Ich bin doch noch gesundheitlich und psychisch angeschlagen. Ich kann diesen Mist jetzt nicht gebrauchen!

Ich kämpfe bis aufs Blut für diese Familie. Telefonat mit dem zuständigen Mann der verantwortlichen Rechtsabteilung. Habt ihr überhaupt eine Ahnung, was ihr mir dadurch antut?

»*Es ging nicht anders. Die Eltern haben eine kleine Erbschaft ihres Sohnes angenommen. Eigentlich wollten wir noch viel mehr fordern. Ich habe Ihren ganzen Akt gelesen. Es tut mir leid … (mir auch). Die Eltern haben sich einen Anwalt genommen …*«

Ich habe jetzt eine persönliche Betreuerin, mit der ich seit der schicksalhaften Nacht regelmäßig Kontakt habe. Die Tante vom Sozialen Dienst beim Präsidium, die damals schon als Erste beim „Debriefing" dabei war. Sie macht nur ihren Job, für den sie bezahlt wird. Aber den macht sie klasse.

Wir sitzen nicht im Halbkreis oder spannen und entspannen irgendwelche Körperteile. Wir reden. Meist in einem Café. Nicht nur über mich. Ihr Name ist Diana. Sie hat mir in den letzten Jahren sehr geholfen.

Sie übermittelt mir den Eindruck, dass sie hier nicht nur sitzt, weil sie dafür ausgebildet und bezahlt wird. Sie heuchelt kein Interesse. Sie hat es. Sie ist warmherzig. Die Treffen sind wichtig und hilfreich für mich. Außerdem – welcher Polizeibeamte hat schon eine eigene Betreuerin? Sie hilft mir durch den Sumpf der Bürokratie, in dem ich teilweise bis zum Hals stecke.

Sie ist keine „*normale*" Frau, wie man sie sich als Außenstehender in ihrer Eigenschaft als soziale Betreuerin vorstellt. Sie ist ein bisschen anders, abgedrehter. Das gefällt mir.

Wenn sie Frust hat, geht sie shoppen oder singt ihren Meerschweinchen die Ohren wund, bis die ihr Fell abwerfen, ist vegetarische Diabetikerin und nennt ihren Freund „Meister"! Ich glaube fast, dass sie seinen Vornamen nicht kennt …

Normal sind die anderen …

Das ist genau die Ansprechpartnerin, die ich brauche und mit der ich auf einer Wellenlänge schwimme. MEISTER …

Mein Fall ist als Dienstunfall anerkannt. Kosten – Krankheit – Polizeiarzt. Sie hilft. Wir reden auch über sie. Ist schön für mich, wenn auch sie ab und an etwas Privates preis gibt und nicht nur der Betreute. Macht mich stolz. Vertrauen! Ihr habe ich es zu verdanken, dass ich hier sitze und mir die Finger wund schreibe.

„Mensch Mike – du hast schon so viel erlebt und gemeistert. Du könntest doch ein Buch schreiben …"

Danke, Diana …

(Der Meister ist schon zu beneiden! Die Meerschweinchen weniger …)

Ich habe auch noch eine Seelsorgerin, die mich betreut. Andrea. Auch vom Polizeipräsidium. Für den vom Weg Abgekommenen. Die Gespräche mit ihr sind sehr wichtig für mich, auch wenn ich nicht der Gläubigste bin …

Sie helfen. Ich muss nicht beichten oder beten. Wir unterhalten uns gut und lange. Wir reden und lachen.

Nicht über Kirche oder Glauben. Über das Leben und wie man verzweifelt versucht, es wieder in den Griff zu bekommen. Sie sagt mir immer, dass ich unglaublich stark bin. Ich wirke nach außen so – aber ich bin nicht stark. Kein bisschen. Es ist eine Kunst, die ich mir angeeignet habe, seinem Gegenüber den Eindruck eigener unbändiger, aber nicht vorhandener, Kraft zu vermitteln. Die Furcht und Ängste, die tief in mir verankert sind, lasse ich nicht an die Oberfläche. Nicht tagsüber. Nachts kann ich dies nicht steuern. Da werde ich eingeholt von meinem Betrug … Oft, sehr oft.

Danke, Andrea …

… Der Rechtsexperte teilt mir mit, dass sich der Staat und die Eltern auf eine Zahlung von 3000,– Euro geeinigt hätten. Sie wurden bereits bezahlt. Dafür müssen sie nun keine weiteren Kosten mehr befürchten.

Wie tröstlich für mich

Ich kämpfe. Schreibe seitenlange Briefe an alle Stellen, die eventuell zuständig sein könnten. Ich bettle um Geld. Wenn ich es hätte, würde ich es aus meiner Tasche bezahlen. Ich habe es nicht. Weißer Ring – Polizeistiftung – Petitionsausschuss des Landtages

Es hat lange gedauert, aber der Kampf ist gewonnen. Wenigstens dieser. Das Finanzministerium teilt schriftlich mit, dass aufgrund der tragischen Umstände die bereits erstatteten 3000,– Euro den Eltern zurücküberwiesen werden …

Ich habe es geschafft!!!

Ich erwarte keinen Dank. Will mich auch nicht freikaufen von einer Schuld. Ich habe keine. Nur zeigen, dass es mir auch Jahre danach noch wichtig ist.

Verständnisvoller Bruder – wo bist du? Nicht eine SMS – ein Anruf – ein Wort?

Wenigstens von dir wollte ich eine Reaktion … Ich kann es nicht ändern – mehr kann ich nicht tun.

Ich habe jetzt einen neuen Freund. Er ist Polizeipsychologe und muss mich alle paar Monate begutachten. Sie wollen meinen Fall endlich mit einem Schlussbericht des Arztes abschließen. Sie hätten es gerne schriftlich, dass ich an keinerlei Folgen des Dienstunfalles mehr leide … Bürokraten Wie soll ich das unterschreiben? Mein Schlaf ist gestört, meine Panikattacken kommen immer häufiger, ich habe mich verändert, ich leide …

Aber er gibt geniale Ratschläge: „Sie sind doch nicht schuld. Sie müssen die ganze Sache aus dem Kopf bekommen!" Ach! So geht das. Und wie soll ich das machen? „Ja – das weiß ich auch nicht so genau!"

„Ziehen Sie doch einfach weg von hier!"

Das ist bisher der dümmste Vorschlag, den mir je ein Arzt gemacht hat! Und er meint ihn wirklich ernst. Das ist doch nichts anderes als eine Flucht. Außerdem wohnen meine Kinder hier, meine behinderte Mutter, meine Lebensgefährtin, meine Freunde … Wohin soll ich mich denn verkriechen? Als ich laut werde, nach diesem kranken Vorschlag, wirft er mich aus seinem Büro.

*„Sie sind noch nicht so weit.
Sie brauchen dringend eine weitere Therapie …!"*

Wie kommt dieser Mensch zu einem solch verantwortungsvollen Arbeitsplatz? Er beurteilt tagein und tagaus verletzte oder genesende Polizeibeamte. Bekommen die auch diese genialen Vorschläge? Bin ich der Einzige, dem es auffällt und der sich beschwert? Soll ich stillhalten vor diesem vermeintlichen Fachmann? Kann ich nicht.

2002 – Mit Gustav fahre ich oft und gerne Streife. Man muss nicht viel reden. Das macht er. Aber er ist zuverlässig ohne Ende. Er wird auch gerade geschieden …

Unser Dienst war auch damals schon nicht ohne Gefahren. Morgens um 4.00 Uhr Ruhestörung in einem Mietshaus. Wo – natürlich unterm Dach. Schon von unten sehen wir den Verursacher. Mit freiem Oberkörper – kein Gramm Fett – nur Muskeln – Bodybuilder … Voll wie ein Eimer und sehr gereizt. Gustav und ich ahnen nichts Gutes. Das Reden hilft nicht wirklich bei diesem Büffel. Er ist gereizt. Wir auch gleich. Er ist uneinsichtig und greift uns an. Kampf im engen Treppenhaus. Ich oben – Gustav unten. Der hat Arme wie ich Oberschenkel. Gustav hat sich ins Knie festgebissen – höher kommt er nicht. Unsere Aufgabenteilung ist perfekt. Als der Mutant den Fehler macht, nach uns zu schlagen, wird der Widerstand gebrochen. Er blutet und hat dicke Augen. Da fängt man nicht an mit Polizeigriffen und Hebeln. Macht bei einem solchen Stier keinen Sinn. Die Handschellen sind fast zu klein für diese Handgelenke …

Damals kannte ich noch keine Angst …

Auf meinen Gustav ist Verlass. Wie ein kleiner Bullterrier hat er sich festgebissen. Mit ihm fühle ich mich sicher auf der Straße. Dazu brauchst du keine 2 m Körpergröße. Du brauchst ein großes Herz. Und das hat er …

Diese gewalttätigen Einsätze häufen sich. Nennt sich „Widerstand gegen Vollstreckungsbeamte". Wenn gutes Zureden und Vermitteln umsonst war und die Gewalt des Gegenübers eskaliert – keinen Respekt vor unserer Uniform und unserem schweren Dienst. Diese Menschen werden dann angezeigt und meist verurteilt.

Wochen später die nächste gewalttätige Nacht. Streife mit … natürlich … Gustav. Fahndung nach einem US-Soldaten. Hat Autos beschädigt – Körperverletzungen begangen und ist anschließend geflüchtet. Wir nehmen ihn fest. Kurz vor der Kaserne. Sehr gereizt und alkoholisiert. Er beleidigt uns ununterbrochen. Der eingetroffene Militärpolizist kann auch nicht beruhigen. Die Lage ist aber im Griff. Der Täter sitzt gefesselt im Streifenwagen des MP-Soldaten. Er schreit, spuckt, ist außer sich … Gustav sitzt vorne. Plötzlich der Tritt von hinten ins Gesicht meines kleinen Streifenpartners. So schnell sah ich ihn noch nie. Wie ein Klammeräffchen über den Sitz nach hinten und den Widerstand gebrochen. Gustav ist zäh. Dieser Betrunkene zerlegt später die halbe Wache der Militärpolizei. Wie ein Wahnsinniger. US-Soldat russischer Herkunft … Wo gibt's denn so was?

2005–2006: Meine Ängste und Ausraster im Dienst werden immer schlimmer. Meine guten Kollegen und Freunde betrachten mich mit unverständlichen Augen. Sitze vor dem PC und komme nicht zurecht. Sachen, die ich schon zigfach ohne Probleme vollbracht habe, fallen mir schwer oder sind von mir nicht mehr zu bewältigen. Frage an Gustav: „Wie muss ich das denn machen?" Er hat nicht umsonst eine große Klappe. Er weiß wirklich fast alles. Aber auch seine Geduld ist begrenzt. Ich sollte doch aus einem Alter heraus sein, in dem man noch den Bärentreiber braucht. Auch Gustav hat nur Nerven.

Stell' dich nicht so an …

Es wurde bei mehreren Magenspiegelungen festgestellt, dass ich jetzt noch Geschwüre in der Speiseröhre habe. Stressbedingte Übersäuerung des Magens.

Nicht schlimm – dafür gibt's doch Tabletten … **Geht doch**!
Ich wache nachts auf, stehe neben meinem Bett und bekomme keine Luft. So einen Erstickungsanfall hatte ich noch nie. Kann nicht sagen, wie ich aus dem Bett kam. Stehe nur da und versuche verzweifelt Luft in meine Lungen zu pumpen. Fürchterlich. Kannte ich auch noch nicht. Was kommt als Nächstes??? Schlafwandeln??? Bin für alles Neue offen …

Ich soll an einem neuen Übungsprogramm für Polizisten teilnehmen. Muss jeder machen. Rollenspiele in einem Raum   Es werden verschiedene Einsätze geübt, mit denen man während der Streife konfrontiert werden kann. Ist sehr sinnvoll für junge Kollegen, die frisch von der Schule kommen und dankbar sind für Übungen dieser Art. Der ältere, erfahrene Kollege geht nur mit müdem Grinsen in diesen Raum.

„Es gibt nichts, was wir noch nicht erlebt haben."

Kollege, glaube mir: Das gibt es doch!!! Einst hatte ich dieselbe Einstellung und wurde eines Besseren belehrt.

Vollverkleidung für die teilnehmenden Leute. Trainingsspiele bis zum eventuell nötigen Schusswaffengebrauch. Umgebaute Waffen mit Farbpatronen. Ähnlich wie Gotcha … Es nennt sich FX-Schießen …

DAS KANN ICH NICHT!!!

Du musst aber – ist Pflicht für jeden. In diesen Raum bekommt ihr mich nicht. Ich werde niemals mehr in eine Mündung schauen   Auch wenn die Waffe nicht echt ist – das hatte ich schon.

Keinen Fuß werde ich in diesen Raum setzen. Da nehme ich auch ein Disziplinarverfahren in Kauf. Lasst es Pflicht sein für all die anderen Polizisten in Bayern, aber nicht für den Mike. Diese Panik werde ich mir mit Sicherheit ersparen.

Mein lieber Kollege Hans vom Psychologischen Dienst ist gnädig. Er schreibt eine Empfehlung an den Chef.

– *Schont den Mike noch etwas!* –

Sie haben ein Einsehen. Ich wäre aber auch ohne Schreiben nicht in diese Hölle …

Ich sehne mich nach meiner Selbsthilfegruppe. Jedes Quartal ein Treffen. Nur Kollegen, die Ähnliches erlebt und erfahren mussten. Alle aus Bayern. Selbst jemanden getötet oder angeschossen vom kriminellen Gegenüber … Viele Jahre oder sogar Jahrzehnte her. Sie leiden noch immer. Die Hände und die Stimme zittern beim Aufarbeiten. Mein Trauma ist das jüngste. Ich will nicht so lange leiden!

Gestandene, erfahrene Männer, die im Dienst auch schon alles erlebten, gestehen sich ein, dass es Sachen gibt, die man allein nicht verarbeiten kann. Und genau das ist das Schwierige an dieser ungewohnten

Situation. Sich selbst einzugestehen, dass man doch nicht so stark ist, wie man geglaubt hat.

Männer tun dies nicht gerne. Die eigene „Schwäche" oder Hilflosigkeit zu erkennen und Hilfe von außen anzunehmen. Bei Frauen nickt man mitfühlend mit dem Kopf. Das „schwache" Geschlecht!

Ich bin davon überzeugt, dass es sehr viele Polizeibeamte gibt, die mit derartigen Problemen belastet sind, sich diese aber nicht eingestehen, weil man das als Mann nicht macht. Und als Polizist schon gar nicht.

Dieser erste Schritt ist schwer …
So verdammt schwer …

Aber wir in der Gruppe wissen, wovon wir reden. Niemand hat mehr Verständnis als Gleichgesinnte oder Leidensgenossen.

Hilft mir das? Zu wissen, dass die Verarbeitung sehr lange dauern kann oder niemals abgeschlossen wird? Hans leitet die Gruppe mit seiner großen Erfahrung. Er ist sehr mitfühlend und uns allen eine große Hilfe. Auch wenn er noch nie in solch einer Lage war.

2001 – Nachtdienst. Die Welt ist noch in Ordnung. Bin unterwegs mit Schorsch. Ein Bär von einem Kerl. Auch so ein Gemüt. Gelassen, durch nichts aus der Ruhe zu bringen. Mit ihm fahre ich auch gern. Da komme ich während der Streife auch mal zu Wort (Entschuldige, Gustav …).

Betrunkener Randalierer im Fastfood-Restaurant. Mein Gott ist das ein Hohlkörper. Betrunken und aggressiv. Der ausländische Geschäftsführer hat Angst. Kein Reden hilft. Ausländerfeindliche Sprüche. Die Augen vom Schorsch werden langsam größer. Vorsicht, du Hohlkörper – jetzt wird es gleich unangenehm für dich! Wenn Schorsch böse wird, dann richtig.

Du hättest hören sollen. Der Weg aus dem Lokal ist hart. Schlage niemals nach Schorsch … Ich komme gar nicht ran an den Menschen. Mein Kollege ist in Rage. Endlose üble Beleidigungen aus dem Munde des Uneinsichtigen. Ständiges Treten nach uns. Abschaum unserer menschlichen Gesellschaft. Was bitte haben wir dir getan, du Hirsch? Heute darfst du bei uns schlafen. Betonmöbel im Keller. Kuschelig und Gestank ohne Ende. Und wieder eine Stellungnahme, auf die wir gern verzichtet hätten …

Mai 2006 – Es hilft nichts. Ich muss wieder in die Klinik. Es geht nicht mehr. Ich werde bald alles verlieren – meine Freunde – mein gesamtes soziales Umfeld. Kapsle mich ein in der Wohnung. Will niemanden sehen oder hören. Albträume ohne Ende. Kein erholsamer Schlaf. Vernachlässige meinen geliebten Sport. So steuere ich mit großen Schritten auf die tiefe Depression zu.

Vor Kurzem hätte ich im Dienst fast den Nächsten erschossen. Einen Unschuldigen …

Wieder Familienstreit – wieder vier Kollegen. Der ausländische Ehemann steht ganz hinten im langen dunklen Flur seiner Wohnung. Mitgeteilt wurden massive Körperverletzungen seitens des Ehemannes. Stimmte alles nicht. Er wollte nur heim in die Heimat. Trennung von der deutschen Ehefrau. Keine Gewalt, keine Straftaten – nur Frust von ihr. Wir wissen das zu diesem Zeitpunkt noch nicht.

Meine Panik beim Klingeln an der Wohnungstüre kommt nicht langsam und schleichend. Sie ist plötzlich und drohend da. Von 0 auf 100 unter einer Sekunde.

Ich kann und will mein Zittern nicht verbergen. Kein Grund, sich zu schämen. Früher wäre ich mit der Abgeklärtheit des Erfahrenen oder mit der Arroganz des Unverwundbaren in die Wohnung, ohne den Anflug von Angst, Unwohlsein oder gar Panik.

Waren das schöne Zeiten!!!

Es hilft aber nichts. Der Einsatz muss bewältigt werden. Auch mit weichen Knien und bis an den Hals klopfendem Herzen …

Warum stehe ich schon wieder als Erster an der Tür? Das wollte ich doch niemals mehr machen. Ich habe mir geschworen, dass ich zukünftig die Kollegen vorlasse. Dabei sein ist alles. Der olympische Gedanke zählt. Es klappt einfach nicht.

Aber ich trage meine Schutzweste. Kein Weg ist mir zu weit. Aus dem tiefsten Keller krame ich sie und lege sie an. Sie ist eng, schwer und unbequem.

Aber gerade jetzt hilft sie nicht bei meiner Panik. Ich sehne mich nach einem Ort der Sicherheit. Soll ich jetzt meine gelernte progressive Muskelentspannung praktizieren? Den Herrn Jacobsen vorschicken?

Es ist eh schon jeder Muskel in meinem Körper verkrampft und angespannt vor grenzenloser Angst. Soll ich mein STOPP-Schild auspacken oder den Zug vorbeifahren lassen?

Oh – ihr Fachmänner aus der Klinik: Ihr habt so leicht reden in euren schnuckeligen kleinen Behandlungszimmern.

„Gehen Sie davon aus, dass Ihnen so etwas niemals mehr zustoßen wird. Ist wie ein Sechser im Lotto!"

Ich stehe jetzt hier im dunklen Flur und kann meine Panik kaum beherrschen. Welche Strategie würdet ihr denn nun empfehlen? Aufhören mit Lottospielen?

Ich kann es nicht mehr hören. Es hilft mir gerade jetzt im Augenblick nicht im Geringsten. Für was hatte ich 2 Monate Therapie, wenn ich jetzt genauso weit bin wie vorher?

Fragen über Fragen …

Der große, schlanke Mann aus Afghanistan hat seine Hände in den Jackentaschen. NEIN!!! Ich halte mein Pfefferspray in der linken Hand und die rechte hat meine Waffe umklammert. Ich schreie, brülle: **„Hände aus den Taschen!"** Er schaut mich nur fassungslos an. Er versteht mich nicht … Ich schreie weiter. Panik gewinnt die Oberhand. Keine Möglichkeit, Einfluss zu nehmen. *LOTTOJACKPOT!!!*

Langsam kommen seine Hände zum Vorschein.

Leer Leer Leer.

Nur Hände – sonst nichts … Ich darf nicht daran denken, wenn dieser unschuldige Mann einen Gegenstand wie ein Schlüsseletui oder Ähnliches herausgezogen hätte, welcher im dunklen Flur von mir nicht gleich als harmlos erkannt worden wäre …

Ich hätte geschossen. Hätte ihm mein ganzes Magazin gegeben. Ihm – dem Unschuldigen, der nichts kann für meine traurige Vorgeschichte. Für meine bodenlose Angst bei Einsätzen dieser Art.

Ausländischer, gesetzestreuer Mitbürger: Du hast keine Vorstellung, wie nahe du am Rande des Abgrundes standest!

Einen Gegenstand entfernt vom Tod …

Danke Allah, dass deine Hände nicht den Geldbeutel umklammert hielten. Sei froh, dass du von den kranken Gedanken des Polizisten, der dir gegenüber stand, nicht das Geringste ahntest …

So kann es nicht weitergehen!

Ich bin eine Gefahr für mich, meinen Streifenpartner und vor allem für den Menschen, der mir im Einsatz über den Weg läuft …

Diesmal aber in eine spezielle Traumaklinik – empfohlen von meiner kleinen Freundin Anja. Sie war nach unserem gemeinsamen Aufenthalt anschließend auch in dieser Klinik. Hat nur Gutes berichtet und Hoffnung gemacht.

Nur Menschen, die ein Trauma zu verarbeiten haben. Hauptsächlich missbrauchte oder vergewaltigte Frauen – wenig Männer. Nur 25 Patienten – richtig klein und kuschelig. Leidensgenossen … Personen, die den gleichen Mist durchmachen wie ich.

Nach den Richtlinien und Behandlungsmethoden der ehemaligen Chefärztin dieser Klinik wird in sehr vielen anderen psychosomatischen Krankenhäusern in Deutschland gelehrt und therapiert.

Hört sich schon mal gut an. Muss ja sehr erfolgsreich sein und klingt vielversprechend.

Wochen vorher musste ich zum Vorstellungsgespräch den weiten Weg in die Klinik machen, um meine Problematik bei der Chefin zu erläutern. Zu lang sind die Wartelisten der Patienten, die in dieser Klinik geheilt werden wollen.

Schon der Weg dorthin ist nicht ohne Aufregung. Bei Kassel bleibt mein alter rostiger Bolide mitten auf der Autobahn mit Zahnradschaden liegen. Auf einen Totalschaden mehr oder weniger kommt es nicht an. Ist mein Schicksal. Einmal könnte es doch so laufen, wie es geplant war. Nur nicht bei mir. Mein Leben ist eben **anders.**

Daran kann und werde ich mich niemals gewöhnen. Sind vielleicht gerade nicht meine Wochen, Monate oder Jahre … War doch früher so schön.

Warum soll es dem Wagen anders ergehen als seinem Fahrer? Totalschaden! Die Anspannung, die sich vor dem anstehenden Gespräch aufgebaut hat, wird stärker. Jacobsen? Lieber nicht. Stillhalten … **Geht doch!**

Die Chefärztin macht einen äußerst sympathischen und interessierten Eindruck. Ruhig, gelassen und verantwortungsbewusst führt sie professionell durch das lange, intensive Gespräch.

Aufgrund meiner desolaten Situation befürwortet sie eine beschleunigte Aufnahme in ihrer Fachklinik. Ein Mensch mit Verständnis für meine schlimme Lage.

Doppelzimmer??? Mit meinen Albträumen, Schlafstörungen und sonstigen Beschwerden? Kann er das Rattern meiner endlosen Züge ertragen?

Aber wenigstens diesmal Glück. Mein ostwestfälischer Bettnachbar ist Gunter. Etwas jünger als ich – leidgeprüft seit vielen Jahren. Ebenfalls mit extremen Schlafproblemen, raucht gleichfalls wie ein Schlot, auch nachts, und in den seltenen Momenten des Schlafens schnarchen wir uns gegenseitig die Ohren voll. Gesucht und gefunden. Ein herzensguter Mensch. Auch seine Züge fahren nachts, wieder und immer wieder …

Wir haben es nicht leicht, Vertrauen bei den meist weiblichen Patientinnen aufzubauen. Zu tief sitzen die Angst, der Frust und die brutalen Erfahrungen mit dem männlichen Geschlecht. Das braucht Zeit. Bei vielen unmöglich.

In den ersten Tagen fällt der Umgang mit den weiblichen Mitpatientinnen schwer. Die ältere Frau, die panisch aus der Teeküche läuft, als ich den Raum betrete. Die sich an die gegenüberliegende Wand presst, wenn du ihr auf dem Gang begegnest.

Erfahrungswerte …

Ich habe gelernt zu fragen, ob ich einen Raum betreten darf, wenn sich dort Leute aufhalten. Ist komisch und gewöhnungsbedürftig, geht aber. Was mir nur ständig durch den Kopf geht: Wie lebt diese Frau draußen in der realen Welt? Wie kann sie dort überleben mit dieser wahnsinnigen Angst??? Unvorstellbar …

Unvergesslich der Tag, an dem ich mir den so geliebten grünen Tee zubereiten will und gerade das brodelnde Wasser im Wasserkocher zur Arbeitsplatte trage.

Hinter mir plötzlich die zarte, zerbrechliche junge Frau in ihrem Rollstuhl. Ich habe sie weder gehört noch gesehen. Über den Rollstuhl stolpernd gelingt es mir, sie nicht mit dem kochenden Wasser zu verbrühen.

Erschrocken fasse ich ihr unbewusst an die Schulter, will mich entschuldigen und fragen, ob ich ihr wehgetan habe.

Der leichte Griff, das bloße Berühren lösen bei ihr eine solch panische Reaktion aus, dass sie trotz ihrer

Behinderung fast aus dem Rollstuhl springt. Große panische Augen verfolgen mich.

Meine Entschuldigung nützt nichts. Zu schlecht müssen die Erfahrungen gewesen sein, die sie mit Männern gemacht hat. Es ist sehr schwer für den Mann, der mit sich genug zu tun hat und nun auch noch jede Geste, jede Handlung, jedes Wort überlegen muss …

Ähnliche Therapien mit viel Entspannung. Aber der Jacobsen lebt nicht in dieser Klinik … Mein Hintern wird es danken. Das große Zauberwort hier ist „Imagination" – Vorstellung …

Der ganz große Unterschied zur letzten Klinik ist der, dass es den Patienten strengstens untersagt ist, untereinander die Erlebnisse bzw. Art des Traumas auszutauschen. Keinerlei Gespräche über das Erlebte. Macht Sinn. Nicht belasten mit dem Päckchen des anderen. Im Großen und Ganzen hält man sich daran.

Wir bauen uns in unserem kranken Hirn einen imaginären sicheren Ort, suchen uns einen inneren Helfer und sollen unsere schlimmen Gedanken in den inneren Tresor schließen. Sehr sehr schwer …

Nennt sich Stressbewältigung. Wird meist von der Chefärztin mit weicher, angenehmer Stimme abgehalten. Die Patienten liegen im großen Saal auf Matten, eingewickelt in Decken, der Kopf sanft ruhend auf weichen Kissen. Ist schon gemütlich. Aber so kurz nach dem Mittagessen nicht so einfach. Mein ganzes Blut hat den Kopf verlassen, um weiter unten bei der Verdauung zu helfen. Die Augen sind schwer, unheimlich schwer. Es macht mir große Mühe, wach zu bleiben. Wie soll ich mich auf den inneren Tresor konzentrieren, wenn ich all meine Kraft brauche, um nicht einzuschlafen? Und das sollte man dringend vermeiden. Mein Freund Gunter, ebenso unter extremen Schlafproblemen leidend, bekommt dermaßen einen Einlauf von der Chefin, da es ihm nicht gelungen ist, wach zu bleiben. Er hat nun richtig Panik vor dieser Stunde.

Nicht einschlafen – nur nicht einschlafen – bitte nicht ...

Woher soll seine Imagination kommen, wenn er zitternd in diese Stunde geht vor Angst, wieder eine Rüge zu erhalten (Verweise gibt es in dieser Klinik nicht!!!).

Er legt sich nicht mehr hin. Leidet im Sitzen ... *Er kommt nicht mal in die Nähe seines Tresors ...*

Hätte ich doch schon damals beim letzten Familienstreit mit dem Mann aus Afghanistan diese Erkenntnisse gehabt. Sofort hätte ich mich an meinen inneren Helfer gewandt oder in meinem inneren Tresor versteckt. Das hätte doch bestimmt geholfen ... **Geht doch!**

Fehler im System. Das kann mir nicht helfen. Das weiß sogar ich als Laie ...

Mein behandelnder Einzeltherapeut ist der Oberarzt der Klinik. Sieht aus wie Beethoven oder Einstein – nur etwas verwirrter. Er spielt während der Einzelgespräche gern in seinen grauen Haaren und wirkt an manchen Tagen so was von stoned … Er vergisst Termine, ist öfters gedanklich abwesend und wirr.

Einer Erklärung von ihm widerspricht er nur Minuten später selbst. Auf meine Nachfrage die für mich so befriedigende Antwort:

„Das habe ich jetzt nur so in den Raum gesagt!"

Das hört ein Patient wie ich besonders gern. In den Raum gesagt und dann auch noch Mist … Mein Vertrauen wächst …

Am nächsten Tag dann eine so perfekte Stunde, dass ich gelöst und zufrieden sein kleines Zimmer verlasse. Meine ich jetzt wirklich ernst! Er versteht mich endlich. Gibt perfekte Ratschläge, ist einfühlsam und hilfreich. Ist der Fachmann, für den ich ihn halte. Ein genialer Therapeut!

Schwarz und weiß … Heiß und kalt … Absolut verwirrend …

Ich bin jetzt auch in der Ergo- und Kunstgruppe. Malen – basteln – analysieren. Soll helfen. Nichts Künstlerisches – nur Zeichen der Seele zu Papier bringen oder mit Ton oder Speckstein formen …

Ich hatte noch nie Talent zum Kreativen. Herr, hilf mir. Die Mädels malen und basteln mit Begeisterung. Nach Vollendung sitzen wir im Kreis und besprechen das Geschaffene. Fällt mir unheimlich schwer. Ich kann meine Psyche nicht zu Papier bringen oder nur ganz selten. Auch meine Angst mit Speckstein auszudrücken, gelingt nicht.

Bin lange der einzige Mann in dieser Gruppe. Nicht einfach. Der ganz Blinde unter den Sehenden …

Die Therapeutin, eine sehr gepflegte, auf ihr Äußeres bedachte Frau, legt einen Berg von kleinen Steinen in die Runde. Wir sitzen wieder mal im Kreis. Steine in allen Formen, Farben und Schattierungen.

Aber – eben nur Steine.

Wir werden aufgefordert, uns einen Stein auszusuchen. Meine Suche geht schnell. Die Mädels müssen erst alle anfassen, berühren, fühlen, riechen … Nein – schmecken nicht! (Aber auch dies hätte mich nicht verwundert.) Das dauert … Jetzt haben wir alle unseren Stein. Was nun?

„Jetzt geben Sie Ihrem Stein einen Namen, bauen eine Beziehung zu ihm auf und reden mit ihm!"

WAS???

Sorry – liebe Therapeutin. Ich bin noch nicht behämmert genug, um mit einem Stein zu reden. Ich kann zu Menschen eine Beziehung aufbauen, zu Tieren, aber zu Steinen???

„Aber schauen Sie sich doch die Damen an – die können das ja schließlich auch."

Sie schaut beleidigt. Macht sich eifrig Notizen, um später meine Weigerung mit dem Einzeltherapeuten zu besprechen. Wie im Kindergarten. Meine sinnlose Rechtfertigung beim Arzt kostet mich wertvolle Zeit, die man hätte besser verwenden können.

Übrigens rede ich jetzt mit Steinen. Bin ja lernfähig. Bei einer meiner Wochenendheimfahrten habe ich leichtsinnigerweise diese Geschichte im Kreis meiner Freunde erzählt. Eine Woche später wurde mir ein wunderschöner, glatter Stein überreicht. Nicht zu groß, nicht zu klein. Ausgestattet mit jeglichem Equipment (Sessel, Sonnenschirm, Jacke und sonstigen Utensilien …). Alles, was das Herz eines Steines so begehrt.

Mein Freund Fidus teilt mir mit ernstem Gesicht mit, dass dieser Stein bei ihm geklingelt habe!?! Er habe gehört, dass es einen Freund gäbe, der eine Beziehung zu einem Stein suche.

Meine neue Beziehung heißt „Ludwig" und ist die folgenden Wochen ständiger Begleiter. An den Wochenenden im Freibad sitzt er in seinem Sessel auf dem Tisch. Auch meine Freunde können ihn gut leiden und reden mit ihm. Nur die anderen Sonnenanbeter an den Nachbartischen schauen etwas verwirrt. Fidus kann sein Grinsen nicht unterdrücken. Bei starker Sonneneinstrahlung wird Ludwig eingecremt. Erfolgreiche Therapie für alle. Geht doch!

Meiner Therapeutin zeige ich Ludwig nicht. Möchte nicht, dass sie sich verarscht vorkommt Erst bei meinem Entlassungsgespräch an meinem letzten Tag in der Gruppe teile ich ihr meinen Fortschritt mit. Sie nimmt es mit Humor. Glaube ich jedenfalls. Ich sah den Anflug eines Lächelns.

Gunter mag Ludwig. Wir rutschen halt etwas zusammen in unserem Zimmer. Ludwig ist pflegeleicht … Und bei den endlosen nächtlichen Gesprächen mit meinem Bettgenossen und Freund hält er sich zurück …

Auch die Sportgruppe hat was für sich. Wir rollen große Bälle von einem Kranken zum nächsten oder zur Abwechslung nächste Woche mal einen kleinen …

Jeder darf sich vorher ein Nest bauen im Sportraum. Wie er es gerne mag. Mit Matten – Kissen – Abgrenzungen … Ist so üblich in dieser Stunde. Als Schutz oder Ort zum Rückzug. Schutz vor … ja vor wem oder was?

Da würden sich sogar die älteren Damen aus der Gymnastikseniorengruppe langweilen. Aber – ganz wichtig – vor Beginn der Therapiestunde und am Ende:

„Blitzlicht!"

So nennt sich die Schilderung jedes Einzelnen über seine Gefühle und den derzeitigen Seelenzustand.

Wie immer in der kreisrunden Gruppe. Das ist in jeder Klinik gleich. Wie fühle ich mich vor den Bällen? Wie danach? Wie fühlt sich eine Seele nach solch extremen Ballsportarten?

Frei? Rund? Schwindelig?

Mein Kopf und meine Seele sind einfach nur leer. Da helfen auch keine noch so gewagten Ballspiele …

Nur – wie formuliere ich dies beim Abschlussblitzlicht? Ohne endlose Folgegespräche mit dem Einzeltherapeuten zu riskieren. Schwierig – sehr schwierig …

Einmal die Woche treffen sich die wenigen Männer mit ihrem Therapeuten im Männerforum. **Nur Männer!** Schön! Man muss nicht jedes Wort auf die Goldwaage legen. Man behandelt Männerthemen. Fußball – Kneipe – usw. Manchmal auch sehr ernste Themen … Wie beim Kinofilm: „Der bewegte Mann" mit Til Schweiger. Nur nicht ganz so warm

Die ersten Tage in der Klinik saß ich oft mit einer großen schlanken Frau, ca. 25 Jahre alt, etwas herbes Äußeres, am Esstisch und wunderte mich insgeheim über ihren Umgang mit dem männlichen Geschlecht. Schön zu erfahren, dass hier nicht alle Frauen ein Problem mit uns haben.

Diese Meinung musste ich beim ersten Männerforum revidieren, als die „Frau" plötzlich bei uns in der Runde saß. Die „Dame" war ein Mann weit über dreißig!

Ich hätte bei einer Wette viel Geld verloren. Ich war mir sicher, dass es eine Frau ist. Wie kann mir als Frauenflüsterer so ein Fehler unterlaufen??? Verrückt …

Meine Welt ist die Meditation. Es wird Qi Gong unterrichtet. Der Therapeut liebt seinen Beruf. Das spürt man. Er hat eine sehr beruhigende Art und spricht mit sanfter Stimme. Er zelebriert seine Stunden mit einer Hingabe, die faszinierend ist. Hat was mit Ying und Yang zu tun und würde die Energie beeinflussen. Ist mir alles egal. Hauptsache es hilft.

Die Übungen sind anfangs ungewohnt und mechanisch. Nach einigen Wochen geht alles mit geschlossenen Augen. Ich stehe wie ein Baum. Man kennt den Berg, der geschoben wird, den Pfau, der sein Rad schlägt, und all die anderen schönen, harmonischen Bewegungen und Übungen.

Ich konzentriere mich jetzt auf mein Innerstes und mache meine sanften Bewegungen mit geschlossenen Augen. Es wärmt von innen. Es strömt eine unbändige Kraft durch den ganzen Körper.

Kaum zu glauben für einen Zweifler wie mich. Aber es funktioniert. Die Welt der Meditation hilft mir. Nicht lange, aber immerhin. Ich liebe diese Stunden.

Streicheleinheiten für die geschundene Seele …

Eine andere Entspannungsgruppe nennt sich „Zapchen". Kommt wie das meiste aus dem asiatischen Raum. Weiß bis heute nicht, was der Begriff bedeutet. Wir nannten es Zäpfchen. War ich nur zweimal. Ging nicht. Auf allen vieren durch den Saal und auf Kommando lauthals lachen oder Brechgeräusche machen …???

Würde innen im Körper was lösen und entspannen. Kann nicht auf Befehl brechen. Das ist nicht mein Ding und wird es auch niemals werden.

Der Vorteil des Klinikkonzeptes ist jedoch der, dass der Patient seine Therapien, Gruppen und Behandlungen freiwillig machen soll. Ohne Zwang. Richtig prima. Ich mache das, was mir gut tut. Klasse Konzept.

Bei dieser hervorragenden Klinik merkt man die jahrelange Erfahrung unter anderem auch an der Auswahl des Klinikpersonals. Sehr einfühlsam, ruhig, gelassen, sympathisch und super ausgebildet im Umgang mit dieser sehr schwierigen Patientengruppe.

Mein Problem bzw. das Klinikproblem liegt einfach an der Zusammenstellung der Patienten. Es gibt in Deutschland keine Klinik, die nur Traumapatienten aufnimmt, deren Ereignis nicht lange vergangen ist.

Kurzzeittraumatisierte.

Der Großteil der Patienten leidet seit vielen Jahren oder Jahrzehnten unter ihrem Trauma, das sie eventuell lange Zeit erdulden mussten. Bei diesen Menschen sind die Therapien und Behandlungen meist sehr erfolgreich. Sie leiden seit vielen Jahren und empfinden die Klinik als Festung, in der sie sich gefahrlos aufhalten können. Der absolut sichere Ort. Unter Gleichgesinnten.

Aber ich bin anders. Kann mich noch erinnern an die schöne Zeit und das Glück, das ich vor meinem Vorfall erleben durfte. Habe nicht aufgegeben und glaube fest daran, dass ich diesem Stadium so nah wie möglich kommen kann.

Die vielen anderen Patientinnen haben diesen Glauben längst verloren und wirken dementsprechend nach außen. Ist für einen Optimisten wie mich nur sehr schwer zu ertragen. Es gibt jedoch kein Konzept oder eine Therapie NUR für Leute, deren Trauma eventuell einmalig und nicht so lange her ist. Das macht den Aufenthalt für Personen wie mich extrem schwierig in solchen Kliniken.

Möchte auch den Erfolg für die vielen anderen Patienten keinesfalls absprechen. Dafür war dieses Krankenhaus viel zu gut. Aber ich wurde zusammen mit diesen „anderen" Patienten in einen Topf geworfen und behandelt. Kam mir sehr häufig fehl am Platz vor.

Ein Behandlungskonzept genau für Kranke wie mich gibt es in solchen Kliniken nicht. Eine Abteilung, in der sich nur die Kurzzeittraumapatienten aufhalten und behandelt werden, fehlt in jeder Klinik. Ist aus finanzieller Sicht auch verständlich. Habe auch keinerlei Ahnung, ob überhaupt ein Bedarf vorhanden ist. Hilft mir aber nicht.

Die langen Wochenenden, an denen keine Therapien angeboten werden. Glücklich sind die Menschen, die nah wohnen und diesen Tag im Kreise ihrer Lieben verbringen können. Aber was machen die anderen? Da fehlt es an Angeboten; ob Sport, Massagen oder anderweitige Tätigkeiten. Alles hätte ich gerne in Anspruch genommen, um die Zeit vergehen zu lassen. Kann mich ja noch erinnern, an die Tage meines ersten Lebens.

Ist auf alle Fälle eine sehr schwierige Situation für einen Mann wie mich in solch einer herausragenden

Klinik! Für mich gibt es kein Konzept … Meinen Kampf muss ich seit langer Zeit allein ausfechten. Die Therapien helfen nur bedingt und meist nicht lange.

Unsere Abwechslung nach den Therapien ist die Fußball-WM, die wir häufig im nahen Biergarten auf der Großleinwand verfolgen. Unter „normalen" Menschen, die nicht wissen, welche Gruppe da gerade am Nebentisch sitzt. Der Vorteil der Doofen ist der, dass man es den Einzelnen oft nicht ansieht. Wir reden, lachen, gestikulieren und jubeln bei jedem Tor wie die „Normalen" … Keiner merkt was. **Geht doch!**

Das lenkt wenigstens mal kurzzeitig ab. Einige liebe Menschen haben sich gefunden in der kleinen Welt der Kranken. Wir reden auch über die reale Welt draußen. Kein Schwelgen im Selbstmitleid. Teilweise sehr gute Gespräche. Man spendet oft Trost, hilft bereitwillig und gern den Schwächeren, die es zulassen und gerade ganz tief in ein Loch gefallen sind.

Ich habe die Schulter, an der sich Lioba und Viola, zwei ganz liebe junge Menschen aus dem Nachbarzimmer, öfters anlehnen. Ich helfe, bin dazu bereit, ohne mich selbst weiter zu belasten. Habe nach außen Kraft für alle. Oft reicht das einfache Zuhören. Übrigens verstehen sie sich auch gut mit Ludwig …

Gunter nimmt mich mit heim. Essen mit der ganzen Familie. Frau, Sohn, Hund. Seine liebe Frau Carmen kocht für uns. Urlaub von der Klinik. Hier fühle ich mich wohl. Ich platze fast vor Stolz. Mein Freund nimmt mich auf wie einen Bruder. Er öffnet sich.

Zeigt mir seine Familie, sein Haus, seinen See … Ich bin mittendrin.

Meine neue, kleine Familie – weit weg von zu Hause …

Gunter hat die beneidenswerte Gabe des schnellen Einschlafens. Wenn ich nachts möglichst leise die Terrassetüre öffnete, um zu rauchen, saß er sofort im Bett und fragte vorwurfsvoll: „Willst wohl allein rauchen?" Nach der Zigarette mit kurzer Unterhaltung zurück ins Bett. Keine zehn Sekunden später eine ruhige Atmung mit den mir bekannten Schnarchgeräuschen. Dieses Spielchen vollzog sich mehrfach in der Nacht. Auch tagsüber macht er mich mit diesem Talent neidisch. Faszinierend.

Er hat aber noch viele andere Talente. Die Klinik ist mitten im Grünen erbaut. Unsere Terrasse grenzt direkt an den Wald. Eine herrliche Lage. Nur ist der Bau schon recht alt und die Terrassenfugen außerhalb schon stark verrottet und voller Moos. Bei Regen ist es wie auf einer Rutschbahn. Gefährlich.

Nach einer Wochenendheimfahrt bringt Gunter sein ganzes Sortiment für die Gartenarbeit mit. Er reinigt jede noch so kleine Fuge, ätzt den Boden mit Spezialreiniger und macht aus unserem Außenbereich ein richtiges Schmuckstück. Lohn der Arbeit sind die neidischen, anerkennenden Blicke der Nachbarn.

Da unser Schmuckstück erst spät am Nachmittag durch die Sonne gewärmt wird, beginnt Gunter mit den geplanten Baumfällaktionen. Er schlägt eine Schneise in den Wald, entfernt zentimeterdicke Äste und ganze Bäume, um der Sonne die Chance zu geben, den Weg auf unser Heim zu finden. Der Mann mit dem grünen Daumen …

Gunter muss kanadische Vorfahren in der Baumfällbranche haben. Da bin ich mir vollkommen sicher. Es wird langsam, aber sicher so richtig gemütlich hier.

An seinem Bett hat er sich einen kleinen, flachen, tragbaren Fernseher montiert. Kann er an die Wand klappen, bei Bedarf ausfahren (nur den Fernseher), um im Bett TV zu genießen. Handwerker pur …

Sogar die Schwestern und Reinigungskräfte sind von diesem Geniestreich beeindruckt. Er sagte oft: „Man sollte das Beste aus seiner Lage machen." Und das kann er hervorragend … mein Freund Gunter …

Von seiner Familie wird ein großer Einkaufsladen betrieben. Vor seiner Heimfahrt am Samstag durfte ich immer einen Wunschzettel ausfüllen. Was möge man denn nächste Woche essen? Sonntagabend kam dann das Christkind und packte die volle Tasche aus.

Unser Frühstückstisch am folgenden Montag war sehr begehrt bei den Feinschmeckern unter den Kranken. Alles, was das Herz begehrt, stand auf unserem Tisch. Von Lachs bis zur feinsten Konfitüre alles da.

Häufig brach jedoch die italienische Ader bei uns durch. Eine Pizzeria lieferte in die Klinik. Rasch und sehr gut. Ich neige ja dazu, leicht an Gewicht zuzulegen, wenn ich nicht aufpasse. Gunter ist ein Spargel, der Unmengen von Nahrung in seinen dünnen Leib schieben kann, ohne ein Gramm zuzunehmen. Erst gegen 17.00 Uhr sein Gang zum Abendbrot – dann 19.30 Uhr erstmals die Frage, was wir denn unseren hungrigen Körpern heute noch Gutes gönnen könnten. Er hatte ständig Hunger.

War aber wirklich schön. Essen im Freien, bei angenehmen Temperaturen, mit dem Menschen, den man sehr mag. Fast wie Urlaub oder Wellness …

Das Mittagessen gab ich schon in der fünften Woche auf. Unsere Klinik ist die Außenstelle einer großen Klinik. Aus dieser Hauptklinik bekamen wir unser Mittagessen in großen Warmhaltecontainern. Wurde an Strom angeschlossen und brutzelte weiter vor sich hin. Ganz edel …

Da bekam das Wort Soße eine ganz neue Bedeutung. Soße mit Hautüberzug kennen wir in Bayern nicht. Haut gibt es bei uns nur auf Pudding. Kartoffeln, die sich beim bloßen Hinsehen in eine gar gekochte Pampe verwandelten. Ich bin ja nicht gerade der verwöhnte Gourmet. Esse fast alles. Aber was zu viel ist, ist zu viel.

Dann wieder Nächte ohne Schlaf – endlose, gute Gespräche mit dem Menschen, der mir so ans Herz gewachsen ist. In den gut zwölf Wochen gab es zwischen uns nicht ein einziges Mal den Hauch einer Spannung oder gar Streit.

Ich weiß bis heute nicht, welches Trauma Gunter erlitten hat. Er erwähnte einmal, dass es schon fast 20 Jahre her ist. Ich habe ihn nie gefragt.

Hinter den Terrassen ist ein kleiner Rasenplatz, auf dem ein schon sehr müdes Netz gespannt ist. War wohl mal ein Volleyballfeld für die Patienten, die noch nicht aufgegeben haben. Nach kurzer Reparatur (von wem? – natürlich von Gunter …) spielten wir dort häufig Badminton. Ein ganz lieber junger Student aus dem übernächsten Zimmer war sehr oft mein Partner. Machte Spaß ohne Ende. Lenkt wenigstens für kurze Zeit ab von den schrägen Gedanken, die nicht nachlassen.

Anzumerken ist noch, dass der Zivildienstleistende, der in der Klinik viele gute Dienste in Haus und Garten verrichtete, schon nach kurzer Zeit Angst um seinen Job hatte. Bald bekam Gunter regelmäßig neue Arbeitsaufträge, erledigte sie schnell und zuverlässig.

Die Sorgenfalten auf der Stirn des jungen Mannes wurden tiefer und tiefer … Er hat seinen Job behalten und tauschte oft mit Gunter Erfahrungen aus. Arbeitskollegen unter sich …

Teil der Therapie ist der Küchendienst!? Wir müssen oder dürfen in einem bestimmten Rhythmus den Speiseraum reinigen. Nicht den Boden. Die Tische abräumen, saubermachen, dann wieder decken für das nächste Mahl. Frühstück und Abendessen. Die Teeküche in Ordnung halten. Fehlende Sachen erkennen und auffüllen. Viele sind von diesem Dienst ausgenommen. Zu krank. Oder krank und zu faul Man macht es ja gern. Ist doch Therapie. Verantwortung. Spart außerdem Personal und Kosten. Schöner Nebeneffekt. Man muss dem Kind nur den richtigen Namen geben.

Ich stehe in der Teeküche, um mir zwischen den Therapien meinen geliebten grünen Tee zu brühen. Allein. Nur mein Tee und ich. So fügt sich eines zum anderen. Gunter hat seinen grünen Daumen, ich meinen grünen Tee. Seelenverwandte …

Unordentliche Patienten, von denen es in der Klinik reichlich gibt, haben ihre benutzten Teller, Tassen und Gläser oben auf der Arbeitsplatte abgestellt. Das Öffnen der Spülmaschine schien nicht möglich. Zu krank. Außerdem hat man ja dafür den Küchendienst. Die sollen mal was machen für ihr Geld

Ich habe Zeit. Spülmaschine auf, Gerätschaften hinein. Da sie jetzt voll ist, schalte ich gleich ein.

Ca. fünf Minuten später erscheint eine Frau und schaut verdutzt auf die laufende Spülmaschine. Sie hat Teeküchendienst. Ich nicht. Was denn mit der Maschine los sei?

Erklärungsversuch: Hatte gerade Zeit beim Teekochen, Müll gesehen, eingeräumt, eingeschaltet, ordentlich, tut mir leid, wollte ich nicht, wie konnte ich nur …

Was mir denn einfalle, in ihre Zuständigkeit einzugreifen. SIE habe Küchendienst und nicht ich … Entschuldige vielmals. Es ist ja auch kein Vorwurf an dich. Ich hatte nur eben Zeit und Langeweile. Verzeihe mir meinen anerzogenen Ordnungssinn.

Diese Furie gibt keine Ruhe. Sie macht mich in dem kleinen Raum zur Sau ohne Ende. Ich bleibe sehr lange ruhig, zähle oft innerlich bis zehn und versuche immer wieder zu erklären und zu beruhigen.

Geht nicht! Sie hat sich festgebissen. Dann läuft mein Fass über. Es tröpfelt nicht, schwappt nicht – ein fürchterlicher Tsunami rast durch die Küche. Ich schreie die ganze Klinik zusammen. Kann nicht mehr an mich halten. Obwohl sonst ein sehr geduldiger Mensch, reißt der lang strapazierte Geduldsfaden laut und heftig. Bin so was von sauer. Schwestern und Ärzte kommen gelaufen.

Die Frau hält jetzt aber wenigstens ihren Mund. **Geht doch!**

In einer Traumaklinik schreit man nicht! Ist mir in diesem Moment völlig egal, was man hier macht oder nicht Habe auch nur Nerven und die liegen gerade völlig blank.

Am nächsten Tag entschuldigt sie sich bei mir. Hänge mit ihrer Vorgeschichte zusammen??? Teeküchentrauma??? Schlechtes Erlebnis mit der Spülmaschine???

Herr – hilf mir und gib mir Kraft. Viel Kraft, denn hier werde ich reichlich davon brauchen …

Bei der Gruppentherapie, geleitet von der sehr kompetenten Chefin der Klinik, wird auch vorher und nachher ein „Blitzlicht" abgehalten. Die meist weiblichen Patientinnen jammern über die schlaflose Nacht, die tiefen Depressionen beim Aufstehen und teilen dies mit feuchten Augen mit. Es fallen ständig die geliebten Fachausdrücke „Flashback" und „triggern".

Die kannte ich in meinem ersten Leben auch noch nicht. Man meint damit plötzlich auftretende Erinnerungen an das schlimme Geschehen (Flashback) und die Gründe dafür, wie z. B. Gerüche (Parfüm), Geräusche etc., die an das Ereignis erinnern.

Man stelle sich dies so vor, dass der Mann in der U-Bahn ein gutes Rasierwasser trägt, aber der brutale Vergewaltiger damals dasselbe. Nun wird die Kranke durch den Geruch an den Vorfall erinnert (getriggert) und hat das Geschehen plötzlich wieder vor Augen (Flashback). Ist auch für Laien nachvollziehbar. Sogar für mich.

Aber der ständige Gebrauch dieser Spezialausdrücke verwirrt mich die ersten Wochen sehr. Bei mir kommen die Scheißbilder plötzlich und meist grundlos in meinen hohlen Schädel. Ob sich das jetzt „Flashback" nennt oder dafür ein anderer moderner, von niemandem zu verstehender Begriff genommen wird, ist mir völlig egal. Es ist so oder so ein fürchterlicher Zustand.

Bei meinem Blitzlicht vor der Gesprächstherapie werde ich meist mit erstaunten Augen begutachtet.

„Ich habe heute auch sehr schlecht geschlafen, übel geträumt und bin wie erschlagen. Fühle mich wirklich beschissen.

ABER:

Schaut zum Fenster hinaus! Es ist Sommer. Wir haben fast 30 Grad, wolkenlosen Himmel und die Sonne scheint.

Lasst uns um diesen Tag kämpfen, nur für ein bisschen Glück. Niemals aufgeben."

Nach diesen Blitzlichtern werde ich angeschaut wie ein Alien … Das kennen die meisten Mädels nicht. Viele suhlen sich in ihrem Selbstmitleid, sind damit zufrieden und kennen es nicht anders. Seit vielen Jahren oder gar Jahrzehnten …

Die Gedanken an ihre frühere glücklichere Zeit vor dem Trauma haben sie völlig verdrängt. Können oder wollen sich nicht mehr erinnern. Gerade das aber sollte doch das Ziel sein. Diesem Stadium wieder etwas näher zu kommen. Ganz erreichen wird man es nie mehr.

Das Leben ist ein anderes geworden. Aber den Kampf sollte man doch aufnehmen. Vielleicht sehe ich das ja falsch. Bin ja noch nicht so lange krank und kann nicht auf die langen Erfahrungen der meisten Patienten zurückgreifen. Egal, wie es mir geht: Aufgeben werde ich niemals. Es ist ein einsamer, langer und schwerer Kampf. Aber er lohnt sich für mich auf jeden Fall.

Lieber Gott: Bitte lass mich niemals so werden!!!

Eines Morgens stehe ich mit einer Patientin aus meiner Gruppe unten im Aufenthaltsraum vor der großen Pinnwand, an der die Therapeuten Nachrichten für ihre Kranken hinterlassen. Die Patientin ist gut gelaunt und unterhält sich angeregt mehrere Minuten mit mir. Ca. zehn Minuten später begebe ich mich in den zweiten Stock, in dem die Chefin die Gesprächstherapie abhält.

Unten vor dem Schwesternzimmer sitzt meine Gesprächspartnerin, lächelt mir zu und ruft mir noch ein paar belanglose Worte nach. Als fünf Minuten später die Gruppe im Kreis sitzt und das Blitzlicht die Runde macht, sehe ich schon das Elend. Meine Gesprächstante sitzt weinend auf ihrem Stuhl, hält ein mit Aromaöl getränktes Läppchen an die Nase (erhält man bei Bedarf im Schwesternzimmer) und scheint verzweifelt.

Was ist geschehen in der kurzen Zeit zwischen unserer kleinen, für mich angenehmen Unterhaltung und dem Blitzlicht? Begegnete sie auf der Treppe dem Kettensägenmörder oder Hannibal Lecter?

NEIN!

Ich bin Hannibal! Mike ist der Grund für ihr Leiden! Sie erklärt schluchzend in der Runde, dass sie „getriggert" wurde. Ein Mitglied der Gruppe trage ein Rasierwasser, obwohl dies in der Klinik doch streng untersagt ist.

???

Es stimmt. Ich habe heute Morgen nach dem Duschen aus Versehen ein paar Tropfen meines Rasierwassers ins Gesicht geworfen. Gewohnheit. Dies ist laut Hausordnung verboten. Wie schon oben erwähnt, sehe ich dies wirklich ein. Ich habe mich jetzt tage- und wochenlang daran gehalten. Dies heute war wirklich nur ein Versehen. Reine Gewohnheit.

Aber warum sagt mir diese hohle, heulende Schachtel denn nicht nach fünf Sekunden im Aufenthaltsraum, dass ich zwar gut rieche, sie dies aber nicht ertragen könne? Nach meiner Entschuldigung wäre der sofortige Gang in mein Zimmer das Natürlichste gewesen. Diesen versehentlich aufgetragenen Duft hätte ich mit Wasser und Seife schonungslos sofort entfernt.

Aber nein! Erst freundlich begrüßt, ewig nett unterhalten und dann als Notfall ins Schwesternzimmer, um händeringend den lebensrettenden Aromatropfen zu fordern.

Ich gehe davon aus, dass in dieser Klinik diese Tropfen nicht in kleinen Fläschchen, sondern großen Bottichen gelagert werden. Sicher ist sicher. Darf ja nie ausgehen …

Und alles nur, weil der rücksichtslose Mitpatient sie „getriggert" hat. Das hier kann ich nicht nachvollziehen und verstehen. Vielleicht bin ich doch noch nicht krank genug. Wird schon noch werden. Dann werfe ich auch mit Fachausdrücken herum und halte weinend mein Läppchen an die Nase …

Diese Sitzung war anschließend für mich beendet. Ich teilte ihr mit, dass ich sofort in mein Bad laufe, eile, renne, um mir die „Triggerdüfte" aus dem Gesicht zu waschen, zu ätzen oder zu brennen …

Nachdem ich dies getan hatte, konnte ich nicht mehr zurück, denn mit meinem dicken Hals hätte ich nicht durch die Tür gepasst. Ich bin an den nahe gelegenen

Teich und habe Enten gefüttert. Entspannend und ohne Triggervorwürfe …

Nach vielen Wochen in der Klinik stelle ich eines Morgens sehr betretene Gesichter fest. Therapeuten, Schwestern, Mitpatienten … Unter der Hand wird erzählt, dass sich eine Patientin, die erst einige Tage vorher zu uns gestoßen war, während ihres Wochenendurlaubes das Leben genommen hat.

Ist tragisch, in so einer Klinik aber nicht zu vermeiden. Viele Menschen, die sich gedanklich schon mit Suizid beschäftigt haben. Das Eröffnungsblitzlicht bei der Chefin wird geprägt von diesem dramatischen Vorfall.

Inwieweit uns dieses Ereignis belastet und ob wir Hilfe benötigen.

Läppchen? Tropfen?

Wie immer sind die weiblichen Kranken der Gruppe tief berührt, weinen und leiden mit. Wieder mal muss ich Blödmann auffallen und werde mit großen verständnislosen Augen betrachtet. Wie kann man nur so kalt sein?

Ich versuche zu erklären, dass dieser Vorfall auch mich bewegt. Aber die Frau war erwachsen und hat sich für diesen Weg entschieden. Niemand konnte es verhindern. Durch meinen Beruf bin ich jedoch nicht zum ersten Mal mit derart tragischen Vorfällen konfrontiert. Ich teile mit, dass ich betroffen bin, diese Sache mich aber nicht im Geringsten belastet oder belasten darf. Dafür habe ich mir vor langer Zeit schon einen ganz dicken Panzer zugelegt.

Anders geht es nicht. Sonst hätte ich meinen Beruf längst aufgeben müssen. Es ist traurig, aber leider nicht mehr zu ändern.

Vielleicht ist es auch die Hochachtung dieser Verzweifelten gegenüber, dass sie nicht einen anderen dazu missbraucht hat, ihrem Leben ein Ende zu setzen. Sie hat es selbst getan …

Sogar die Chefin schaut mich fast ungläubig an. Diese Sprache kennen sie hier unter den Verzweifelten nicht. Ich habe noch nicht aufgegeben. Werde ich auch nicht tun. Da können die Mitglieder meiner Gruppe nach meinen Worten noch so entsetzt schauen …

Auch in dieser Klinik bleibe ich über 12 Wochen. Habe meinen Freund Gunter gewonnen, viele gute Gespräche geführt, kenne mich nun etwas besser aus in Garten- und Baumfällarbeiten; *aber geht es mir besser?*

Der sichere Ort – die hervorragende Klinik, die Gleichgesinnten, der bis ins kleinste geplante Tagesablauf und die meditativen Entspannungsübungen wie z. B. Qi Gong lassen weniger Zeit zum Grübeln. Man ist aufgeräumt. Klingt für den Gesunden vielleicht komisch und unverständlich. Ist aber so.

Schlimm sind die langen nicht enden wollenden Wochenenden. Einsamkeit in der Klinik. Es ist den Patienten gestattet, an einem Tag außerhalb zu schlafen.

Es wird von vielen genutzt. Kein Problem für Menschen, die nur wenige Kilometer entfernt wohnen. Aber was mache ich? Pfingsten halte ich noch aus in der Klinik. Meine Töchter besuchen mich. Meine Freude ist unbeschreiblich. Sie wollten Pfingstmontag um die Mittagszeit eintreffen. Ein Anruf auf dem Handy. Es gebe ein „kleines" Problem. Nicole, meine Große, teilt lachend mit, dass ihre kleine Schwester es geschafft hat, beim letzten Styling vor der Abfahrt ihre Haarbürste so in ihr wallendes Vorderhaar zu verheddern, dass diese nun nicht mehr zu entfernen ist???

Sie müssten jetzt zu einer befreundeten Friseuse, um das Teil mikrochirurgisch entfernen zu lassen. Sie kamen dann eben drei Stunden später.

Da merkt man schon, dass sie reichlich Gene ihres Vaters haben. Genauso chaotisch und … wie soll man es nennen? *Eben anders …*

Hätte nur so gerne das Bild gesehen: Meine kleine Nina auf dem Beifahrersitz mit der abstehenden Bürste im Haar … Sie hat sich etwas geschämt, als sie ihren alten Vater liebevoll gedrückt hat. Gene …

**Ich bin so was von stolz auf diese –
etwas anderen – Töchter!!!**

Das Zuhause ist weit weg. 400 Kilometer einfach … Scheiß auf die Kohle – ich fahre über 7000 Kilometer in dieser Zeit und brauche viel Geld auf der Autobahn. Aber ich möchte wenigstens an einem Tage normale Menschen sehen. Menschen, die ich liebe. Sehnsucht, ich grüße dich.

Die langen Rückfahrten an den Sonntagen sind schlimm. Wenn ich mich nicht auf Gunter freuen würde, könnte ich verzweifeln. Ludwig ist auch traurig …

Habe mir jetzt auch Gummistiefel von zu Hause mit in die Klinik gebracht. Sind praktischer als Hausschuhe, Turnschuhe oder Jesuslatschen. Die Gänge stehen oft zentimetertief unter Tränen. Das Schluchzen, Weinen und Klagen ist rund um die Uhr zu hören. Viele Menschen hier in der Klinik leiden mehr als ich oder können es nicht so gut verbergen.

So wird mich niemand sehen!

Aber diese Klinik hilft mir schon. Tagsüber. Keine Angst hier der Mutter über den Weg zu laufen. Keine Angst vor dem fürchterlichen Gang zum Streifenwagen.

Aber ich darf hier nicht einziehen. Ich muss wieder hinaus ins richtige Leben …

***„Sie können bei Bedarf gerne wiederkommen.
Das machen hier alle …"***

Wie tröstlich! Bis dahin beherrsche ich auch die Fachausdrücke – versprochen. Und haltet reichlich Läppchen bereit …

August 2006 – Ich bin dienstunfähig aus der Klinik entlassen zur weiteren ambulanten Therapie. Mein jetziger Psychologe wurde mir vor langer Zeit von der sozialen Diana empfohlen. Endlich ein Traumaspezialist. Ein Mensch wie du und ich. Der Erste, bei dem ich nicht den Eindruck habe, dass er selbst einen Schatten hat. Zu dem ich während meiner Arbeitsfähigkeit zwischen den Schichttagen an meinem zweiten freien Tag fahre, um mir helfen zu lassen. Hin und zurück 100 Kilometer. Aber es lohnt sich. Dieser Arzt versteht sein Handwerk und kann mir Vertrauen und Kompetenz übermitteln. Endlich!

Lange gute Therapien und Gespräche. Er fragt, ob ich je Hass auf mein Opfer empfunden hätte? Muss lange überlegen. Geht aber nicht. Es ist kein Hass da. Kenne seine Vorgeschichte.

Er hatte als kleiner Junge schon mal einen Unfall mit schweren Kopfverletzungen. Seit diesem Vorfall litt er unter psychischen Problemen. Er war zwar auch polizeilich schon in Erscheinung getreten, einige Male in einer Nervenklinik, aber er war kein Krimineller. Ein Sonderling.

Aber eben nur:

KRANK!

Dieser Vorfall in seiner Kindheit hat ihn verändert und aus der Bahn geworfen. Schuldlos.

Wie soll ich einen Hass auf diesen Menschen entwickeln können? Kann ich nicht. Auch wenn er mit seiner Tat mein Leben zerstört hat. Kann ihn einfach nicht hassen. Auch die vielen negativen Namen, die ich ihm beim Schildern der schlimmen Nacht gab, sind nicht böse gemeint. Nur – in dem Moment habe ich ihn so empfunden. Als Wahnsinnigen – Mörder usw. Das waren meine Gedanken in der Situation. So habe ich ihn gesehen in meiner grenzenlosen Angst.

Ob ich langsam anfange, die Mutter zu hassen? Die mir nicht verzeiht und ihr Feindbild aufgebaut hat. Auch das geht nicht. Bin doch selbst Vater. Wenn eines meiner Kinder unter solch dramatischen Umständen ums Leben kommen würde, hätte ich auch zu kämpfen. HASS ist nicht meine Welt! Glaube auch nicht, dass Hass Basis einer Genesung sein sollte. Verständnis schon eher …

Warum ich denn wohl nichts von dem zweiten Sohn wusste? Warum er verschwiegen wurde, als „schwarzes Schaf" der Familie? Ich weiß es nicht!

Der Einsatz wäre aber eventuell anders abgelaufen. Hätte ich gewusst, wer seine Eltern sind, wer sein Bruder, wäre es mir vielleicht möglich gewesen, ein Gespräch auf dieser Basis zu führen:

> *„Bin doch ein guter Freund deines Bruders.*
> *Mach doch keinen Quatsch. Komm –*
> *wir rufen ihn an …"*

Ein solcher Versuch oder ein ähnlicher … Kann man jetzt nicht mehr sagen, ob es anders gelaufen wäre. Will auch nicht spekulieren. Aber diese Gedanken kommen automatisch …

Mein neuer Therapeut ist schon ein Spezialist, der sein Fach versteht. Diese Fragen bekam ich in der Klinik nicht gestellt. Endlich in den richtigen Händen. **Geht doch!**

Als ich die erste Rechnung bei meiner zuständigen Dienstunfallstelle einreiche, bekomme ich dermaßen einen Einlauf (Gott sei Dank: kein Verweis). Was mir denn einfalle, ohne vorherige Genehmigung eine neue Therapie zu beginnen? Die Begründung, dass mir mein Freund, der Polizeipsychologe, doch gerade dazu dringend geraten hat, stößt auf taube Ohren. Erst beantragen, dann warten, warten, eventuell noch etwas warten und dann erst zum Doktor, wenn die Genehmigung schriftlich und mindestens zweifach erteilt wurde.

Und was mache ich zwischenzeitlich mit meinen Beschwerden? Mich umbringen?

Seitdem werden mir die Rechnungen zwar erstattet, aber mit dem dick unterstrichenen Satz:
„*Unter dem ausdrücklichen Vorbehalt der Rückforderung!*"

Im Februar 2006 wird mir schriftlich mitgeteilt, dass ich mich zu einem psychiatrischen Gutachten einzufinden habe. Dieses soll feststellen, ob meine Beschwerden denn nun wirklich von meinem Schusswaffengebrauch kommen oder ich vielleicht schon vorher einen Schatten hatte. Und ob es nicht möglich wäre, dass ich schon längst gesund sein könnte, wenn ich dies nur so richtig wolle. Ein erfahrener Gutachter aus einer Uniklinik soll dies bewerten. Falls nicht, könnte man nämlich die „unter dem ausdrücklichen Vorbehalt der Rückforderung" bereits gezahlten Gelder wieder einfordern. Da geht es doch viel leichter zur Therapie. Der Gedanke über die Rückforderung im Hinterkopf macht es leicht, meine volle Konzentration der Genesung zu widmen.

Schön, dass man bei so schwierigen Situationen auf die bedingungslose Unterstützung seines Arbeitgebers zählen kann.

Da tötet man doch viel leichter …

Es ist einfach nur traurig.

Würde ja gar nichts sagen, wenn ich nach einer Meniskus-OP oder einem Kreuzbandriss auf lau machen würde, weil ich eben keine Lust mehr auf Dienst habe. Oder der Tinnitus mir die Arbeit zu laut macht. Da hat man früher die Kollegen reihenweise in Rente geschickt. Ohne Begutachtung. Und mich nehmen sie auseinander wie eine Weihnachtsgans, nur weil sie beim Freistaat sehr wenige Erfahrungswerte mit psychischen Erkrankungen haben. Tut mir leid. Ich wäre auch lieber nur die Treppe heruntergefallen, um mir „nur" einen Bruch oder Riss zuzuziehen.

Allein in den letzten sechs Monaten haben sich in einem angrenzenden Dienstbereich zwei Kollegen erschossen, die mit ihrem Leben nicht mehr zurechtkamen. Mit einem stand ich 1975 vor dem Kasernentor. Man lernt bei den verantwortlichen Stellen nur ganz langsam, dass der psychische Druck auf den Polizeibeamten enorm ist und oftmals nicht mehr ausgehalten werden kann. Dann kommt es dazu, dass labile Kollegen sich das Leben nehmen. Der normale

Mensch, der seinen Suizid plant, sucht sich mühsam das nötige Werkzeug dazu. Das braucht der Polizeibeamte nicht. Sein Werkzeug zum Beenden des Leids ist sein Arbeitsmittel. Immer griffbereit und verlockend.

13 Fragen, auf die der Gutachter einzugehen hat. Komme mir vor wie der Serienvergewaltiger, dessen Schuldfähigkeit vom Fachmann geprüft werden muss. Bin fast geplatzt vor Wut, als ich dieses Schreiben las. Da wird mir durch die Blume unterstellt, dass ich ja eigentlich gar nicht gesund werden will.

Ich Depp fahre zwischen den Arbeitstagen 100 Kilometer, um mich behandeln zu lassen. Warum? Weil ich nichts anderes zu tun habe oder weil ich gern beim Arzt sitze? Verfahre mein Geld auf der Autobahn und habe bisher noch nicht einen Cent für Fahrtkosten gefordert.

Dies ändert sich jetzt. Schreibe meiner Sachbearbeiterin einen bitterbösen Brief und drohe ihr mit Veröffentlichung. Lasse meinen ganzen, angestauten Frust raus bei der Frau, die für meinen Fall zuständig ist und nicht im Geringsten erahnt, wie ich mich fühle oder wie es mir geht. Sie liest nur meine Akte, Anträge und Abschlussberichte der Kliniken.

Sie wird freundlicher. Geht doch!

Mein Gutachter hat keine Zeit für mich. Überlastung. Kann mir bei mehreren Telefonaten nicht mal ansatzweise einen Termin nennen. Nicht heute, nicht nächste Woche oder auch nicht nächsten Monat. Dass mich dieser Schwebezustand eventuell belasten könnte, stört niemanden. Bürokraten.

Mein Freund, der Polizeipsychologe, wartet auch schon auf mich. Wie stellen sie sich denn Ihre Zukunft vor? Keine Ahnung – ich möchte nur gesund werden! Wieder anfangen zu leben!

Und Ihre Arbeit?

Im Oktober darf ich einen Arbeitsversuch starten. Vier Stunden täglich. Ohne Waffe – ohne Uniform – ohne Außendienst. Ich habe kein Büro, keinen PC und soll Anzeigen aufnehmen. Es ist die Hölle für mich. Ständig muss ich mich verteidigen. Mensch Mike – du schaust ja aus wie das blühende Leben! Wie war denn dein Urlaub in der Klinik?

**Keiner sieht meine Narben.
Keiner meine Angst.**

Die Arbeit fällt mir schwer. Sachen, die ich schon so oft gemacht habe, gehen nicht mehr. Ich frage ständig und nerve meine Kollegen. Mir graut es vor dem nächsten Menschen, der bei mir was anzeigen will. Ich bin noch immer gereizt. Werfe Leute aus der Wache. Weigere mich die Anzeige aufzunehmen. Bekomme Panik, wenn der Kollege vor mir steht mit seinem Holster über der Schulter, in der die Waffe steckt. Ständig der Blick auf die Uhr. Wie lange noch? Ich kann das nicht. Mir ist es ein Graus, wenn ich auf dem Weg zur Dienststelle bin. Meine Schlafstörungen werden wieder schlimmer. Die Träume kommen häufiger. Ich kann keine Züge mehr sehen, keine Menschen ohne Hände …

Mir fehlt mein häuslicher Schutzraum, in den ich mich verkriechen kann. Wo ich niemanden sehen oder sprechen muss. Wo mein Tag minutiös geplant ist. Wo nichts Unvorhergesehenes kommt. Wo ich allein leiden kann und mich nicht schämen muss dafür.

Es geht nicht mehr.

Der Arbeitsversuch ist gescheitert. Kollegen – jetzt könnt ihr wieder offen über mich lästern, ohne Angst haben zu müssen, dass ich in der Nähe sein könnte.

Ich ziehe mich zurück und teile mir meinen Tag wieder genau ein. Die exakte Planung hat doch in der Klinik auch geholfen. Ich werde zum Hausmann. Reinigung – Wäsche – Haushalt. Aus mir wurde ein Koch. Ich beschäftige mich zwanghaft, um nichts Ungeplantes in mein Leben zu lassen. Kann keinen Stress, keinen noch so kleinen Druck mehr ertragen. Mit banalen Sachen überfordert …

Sehr schwer zu verstehen für den Menschen, der nicht betroffen ist von dieser abartigen Störung des menschlichen Gehirnes.

Der Neid einiger Kollegen bringt mich in Rage. Keiner sagt es mir offen ins Gesicht. Ich erfahre es nur über Dritte.

Warum bekommt der denn genauso viel Geld wie ich, ohne zu arbeiten?

Liegt doch eh nur daheim auf der faulen Haut, während wir unseren Kopf hinhalten müssen.

So lange her und noch immer krank.
Dass ich nicht lache.

Der will doch nur in Rente, der faule Sack …

Hallo Kollegen – ich war mal euer Freund. Warum jetzt der Neid und die Missgunst? Soll ich die Zahlungen ablehnen? Ist es das, was ihr wollt. Soll ich noch mehr leiden? Fühlt ihr euch dann besser?

Ich bin es leid, jedem meine Situation zu erklären und mich ständig verteidigen zu müssen. Ich hätte so gerne eine Narbe, eine für jeden sichtbare Verletzung. Einen Durchschuss an der Schulter. Ein- und Ausschuss, den ich jedem zeigen könnte. Schaut alle her – von meinem Schusswaffengebrauch. Verständnis pur – ach Gott, der arme Mike. Logisch, dass er noch so leidet! Wahrscheinlich schmerzt die Wunde bei Wetterumschwung noch sehr … Der arme Sack!

Aber ich habe keine sichtbare Narbe, die ich zeigen könnte. Meine Narbe sitzt so tief in meiner Seele, dass nur sehr wenige Menschen sie sehen können.

Ich müsste den ganzen Tag mit Tränen in den Augen herumlaufen und die Mundwinkel sollten bis zu den Brustwarzen hängen. Vielleicht noch einen gebeugten, schleppenden Gang? Wollt ihr das sehen?

DAS KANN ICH NICHT!

Ich kämpfe jeden Tag für ein bisschen Zufriedenheit. Dieses Stadium, das ihr mir anscheinend nicht gönnt.

Ihr kennt nicht die Therapie, die ich durchlaufe. Den Rat der Ärzte, unbedingt wieder die alten Kontakte aufzunehmen, das soziale Umfeld zu pflegen. Wieder versuchen am Leben teilzunehmen. Den ehemals geliebten Sport zu forcieren.

Ihr urteilt nur, wenn ihr mich außerhalb meines Reiches seht und ich nicht leidend genug wirke. Wenn ich Squash spiele, nur um meinem alten Leben etwas näher zu kommen und dem Rat des Psychologen folge.

„Squash kann er schon wieder spielen, der faule Sack. Aber zur Arbeit kann er nicht ..."

Vielen Dank, liebe Kollegen ...

Die Frau, die ich liebe, wird auch langsam ungeduldig. „Was machst du denn den ganzen Tag zu Hause? Langweilst du dich nicht?" Die gebügelte und ordentlich zusammengelegte Wäsche nimmt sie hin. Das Essen, das pünktlich auf dem Tisch steht, wenn sie von der Arbeit kommt, genießt sie.

Ich habe es einige Male zu erklären versucht. Wie wichtig die genaue Planung des Tages für mich ist. Dass ich ohne verrückt werde. Es stieß auf taube Ohren. Auch ihr dauert die Sache jetzt zu lange. Kein Verständnis, dass ich am liebsten allein zu Hause bin, dass mein Klinikaufenthalt 2006 meine beste Zeit mit den wenigsten Beschwerden war. Trotz Heimweh, großer Sehnsucht und grenzenloser Liebe ...

Es ist verständlich, dass keine Ehefrau oder Lebensgefährtin so etwas gerne hört. Soll ich lügen? Möchtest du das? Kenne ich noch von früher. Konnte ich mal ausgezeichnet.

Hat auch nichts mit nachlassender Liebe zu tun. Gehört zum Krankheitsbild. Vorstufe zur Depression. Warum auch nicht – jetzt hatte ich schon so viel, da kommt es auf eine kleine Depression auch nicht mehr an …

Ein mehrfach angebotenes Partnergespräch bei meinem ambulanten Psychologen wurde abgelehnt mit den Worten:

„Was will der mir denn schon erzählen?"

Ach – dass du auch schon Psychologie studiert hast, ist mir neu. Du bist ja fast so schlimm wie meine Kollegen …

Ab da habe ich aufgegeben. Wir reden nicht mehr über dieses Thema. Weder über Krankheit noch über meine weitere berufliche Zukunft. Nur was ich morgen oder übermorgen kochen soll. Geht doch!

Aber gerade mit ihr hätte ich diese Gespräche gern geführt … Ich liebe diese Frau wirklich über alles. Auch mit ihrem schwindenden Verständnis. Wir werden auch diese für uns beide schwere Zeit überstehen. Da bin ich mir ganz sicher.

Ich muss und möchte jedoch eine Lanze brechen für die Frau, die ich mit jeder Faser meines Körpers liebe:

Wir hatten ganze vier Monate am Anfang unserer Beziehung, in der ich gesund und unbeschwert war. Der Mike, den sie kennen- und lieben gelernt hatte.

Gesellig, lustig, charmant, gesund …

Schon meinen Geburtstag im Oktober verbrachte ich nach meiner zweiten Operation an der Halswirbelsäule im Krankenhaus. Wir hatten eine kleine Party geplant mit unseren Freunden.

Diese nicht enden wollenden Krankheiten und Operationen zogen sich anschließend wie ein roter Faden durch unsere Beziehung. Zwei weitere Operationen, genauso wie der tödliche Einsatz. Sie wollte keinen Invaliden, sondern einen fröhlichen Lebenspartner …

Sie hatte es niemals leicht mit mir. Die Veränderungen, die sie an mir feststellen musste. Jeden Tag erlebt sie und hält aus, mit dem Mann, den sie so nicht wollte. Den alten Mike von früher gibt es nicht mehr. Er steht noch immer verzweifelt, ängstlich und voller Panik in der Dachwohnung.

Neun von zehn Frauen hätten schon längst das Handtuch geworfen und sich einen jüngeren, gesunden Partner gesucht. Einer, der normal ist im Kopf. Aber sie hält zu mir und zeigt mir ihre Liebe, indem sie nicht nach anderen Ausschau hält. Ihr Leben wäre dadurch viel einfacher und glücklicher. Sie heißt auch Anja – ich liebe sie ohne Ende und möchte sie nicht verlieren.

Wenn sich nichts ändert an meinem Zustand und ich nicht um diese Frau kämpfe, laufe ich Gefahr, dass sie aufgibt. Verständlich. Ihre Kraft reicht auch nicht bis zur Ewigkeit. Sie ist zehn Jahre jünger und will nur zufrieden und glücklich leben. Mit mir ist ihr das im Moment nicht möglich.

Ich nehme diesen für mich überaus wichtigen Kampf an und werde ihn gewinnen. Werde an mir arbeiten, meine Beschwerden bekämpfen, um das alte Glück wieder zu finden, um es ihr zu vermitteln.

Das wird vermutlich mein schwerster Kampf. Aber Kämpfen bin ich ja gewohnt ... Es gibt keinen schöneren Preis für den gewonnenen Kampf!!!

Anja – ich liebe dich über alles!

Im Januar 2007 habe ich es endlich geschafft. Nach elf Monaten ist es meiner zuständigen Behörde gelungen, einen anderen Gutachter zu benennen, der auch noch Zeit für mich hat. Es gibt anscheinend doch mehr als einen in Bayern ...

Die Zeit des Grübelns und Überlegens ist vorbei. In der langen Zeit macht man sich schon reichlich Gedanken, wie es abläuft, wenn von einem ein psychiatrisches und psychologisches Gutachten erstellt wird. Das sind Menschen, die einen vorher noch niemals gesehen haben und wahrscheinlich auch nicht mehr werden. Diese Menschen entscheiden über mein weiteres Leben. Beruflich und finanziell ...

Warum wird nicht mein Therapeut in der Klinik beauftragt? Er hat mich über drei Monate betreut und kennt mich. Warum nicht mein ambulanter Psychologe, der mich jetzt auch schon sehr lange und gut begleitet? Man kann das System nicht begreifen.

Zwei Ärztinnen und ein Professor. Die Psychologin befragt mich kurz und legt mir dann eine Liste mit ca. 500 Fragen vor, die ich zu beantworten habe bzw. mein Kreuz an der richtigen Stelle machen soll:

Stimmt – stimmt nicht/trifft ein bisschen zu –
trifft zu – trifft besonders zu …

Kannte ich schon aus der letzten Klinik. Die Fragen sind ähnlich. Diese Untersuchung fand in der Bibliothek der Klinik statt. Gemütlich. Hat sie kein Büro?

Strafversetzt? Malerarbeiten? Ameisenplage?

Umringt von übermächtigen Bücherregalen versuche ich, ihre wenigen Fragen konzentriert zu beantworten. Dann die junge Psychiaterin, keine 30 Jahre alt. In ihrem Zimmer der erste Hinweis:

„Ich hatte noch keine Zeit, mich richtig in Ihre Akte einzulesen."

Ach so. Stimmt – sie ist schon recht dick. Macht ja nichts. Sie sollen mich ja nur begutachten. Ein Gespräch von ca. 1½ Stunden. Mit neurologischer Untersuchung in Unterhose (also ich – nicht sie). Was bitte soll das denn? Die Blutabnahme kann ich ja noch einsehen.

Viele Worte und Fakten bleiben noch ungesagt. Es hat sich bei mir in den letzten fast drei Jahren sehr viel angestaut, was ich erzählen möchte. Aber ich muss ihr ja nicht alles sagen. Der Professor kommt ja auch noch …

Dieses Gespräch mit dem Chef dauert keine fünf Minuten. Ist ja alles klar. WAS? Wer begutachtet mich denn nun? Wer steckt hier die große Kohle ein? Er verlässt sich auf das Urteil der jungen Ärztin. Vertrauen hin – Vertrauen her.

ES GEHT DOCH UM MICH!

Sie hatte nicht mal richtig Zeit, meine Akte vollständig zu lesen. Er wird das Gutachten unterschreiben. Ich habe es noch nicht. Bin sehr gespannt.

Ich bin normalerweise nicht auf den Mund gefallen, aber ich war zu perplex und bin wie ferngesteuert aus dem Zimmer. Das kann es nicht gewesen sein. Noch am selben Tag schrieb ich dem Professor eine sehr lange E-Mail. Höflich, aber bestimmt. Teilte mein Erstaunen über das extrem kurze Gespräch mit und brachte all die Sachen zu Papier, die mir noch auf der Seele brannten und nicht gesagt werden konnten. Seine Antwort kam sofort am nächsten Tag:

„Ich habe Ihr Schreiben mit großem Interesse gelesen und werde es gutachtenrelevant betrachten."

Mehr kann ich nicht tun. Ich muss mich selbst um meine Belange kümmern. **Geht doch!**

Wenn in den nächsten Tagen, Wochen, Monaten oder Jahren das schriftliche Gutachten eintrifft, werde ich wieder zu meinem Freund gehen. Richtig! Der Polizeipsychologe.

Vermutlich zuerst der Verweis für den abgebrochenen bzw. gescheiterten Arbeitsversuch. Dann die Frage nach der Zukunft. Eventuell ein neuer genialer Genesungsvorschlag? Ich werde es erfahren …

Der Kontakt zu meiner kleinen Anja aus dem Norden ist nie abgerissen. Wir telefonieren und klagen uns unser Leid, teilen uns aber auch die kleinen Fortschritte mit.

Sie hat ihr Leben zu Papier gebracht und eine Autobiografie geschrieben. Anfang März 2007 veröffentlicht. Ich habe mir das Buch gekauft und konnte es erst aus der Hand legen, als es ausgelesen war.

Sie hat die Worte gefunden, nach denen ich erfolglos gesucht habe, hat unser Krankheitsbild der „Posttraumatischen Belastungsstörung" so plastisch und exakt beschrieben, wie es nur eine feinfühlige Frau kann. Unsere Träume, der Umgang mit anderen, die einsamen schlimmen Tage und Nächte … Die unerfüllten Hoffnungen …

Und ihrem Sohn Felix hat sie ein Denkmal gesetzt in diesem Buch. Meine Augen wurden oft feucht, als ich las. Sie hat es geschafft, dass die Welt nicht nur den perversen Mörder in Erinnerung behält, sondern ihren kleinen, blonden, unschuldigen Sohn niemals vergisst, der nur acht Jahre alt werden durfte.

Ich kann nur den Müttern empfehlen, diese emotionalen, einfühlsamen Zeilen zu lesen, um zu erahnen, welches Leid eine Frau ertragen kann, die ihr Kind verlor. Die nie enden wollende Hoffnung der Mutter, die es nicht glauben kann, dass sie ihr geliebtes Kind niemals mehr in die Arme schließen kann.

Lest, ihr Mütter, die das Glück hatten, ihr Kind aufwachsen zu sehen, belastet lediglich mit den kleinen Unwegsamkeiten und Problemen jeder Familie. Was ein Mensch unter extremsten Bedingungen aushalten kann … Der ständige Kampf ums Überleben. Diese Frau ist so stark wie niemand, den ich kenne!

Der Titel ihres Buches ist:

„Und trotzdem lebe ich weiter"
von Anja WILLE

Meinen dritten „Jahrestag" habe ich auch überstanden. Mehr recht als schlecht. Mit Freunden in der Kneipe. Auch reichlich Alkohol half nicht, die übermächtigen Geister zu vertreiben. Man merkt sich Geburtstage, Hochzeitstage (davon hatte ich ja schon einige verschiedene) oder die Tage sonstiger schöner Anlässe.

Bei mir kommt noch der „Todestag" hinzu. Keine Notiz oder Erinnerung nötig. Schon lange vorher wird das Unbehagen immer größer, je näher der Tag rückt.

Die gesichtslosen, bewaffneten Männer ohne Hände verfolgen mich wieder häufiger, treiben ihre Projektile in meinen gepeinigten Körper und mein Zug fährt und fährt und fährt … Kein Stoppschild in Sicht … Herr Jacobsen ist der Zugführer …

Es hat nur zwei Monate gedauert, bis ich das schriftliche Gutachten in Händen hielt.

Ich bin wirklich krank!

Haben sogar die Spezialisten der Uniklinik erkannt. Kaum zu glauben.

Liest sich schon seltsam, wenn man von Menschen beurteilt wird, die einen doch gar nicht kennen. Es lägen chronische Anzeichen einer Depression vor. Eine erneute stationäre Aufnahme in einer Klinik wird angeraten … Mit einer erneuten Arbeitsaufnahme sei in der nächsten Zeit nicht zu rechnen.

Das hatte ich doch schon zweimal sehr erfolglos. Auch die ambulante Therapie soll ich dringend fortsetzen. Eine engmaschige ambulante verhaltenstherapeutisch orientierte Psychotherapie über mindestens zwei Jahre … Werde ich jetzt doch ein Psychoprofi? Mit Läppchen und Tropfen???

Schaut so mein weiteres Leben aus? Alle paar Jahre in die Klinik? Wieder zu den Doofen?

Die vorherigen ambulanten Therapien seien auch nötig gewesen. Das beruhigt schon sehr, zu wissen, dass ich keine Kosten zurückerstatten muss. In der nächsten Zeit sei nicht damit zu rechnen, dass ich wieder dienstfähig werden könnte.

Also werde ich bald wieder zu meinem Freund fahren müssen. Er wird dann entscheiden, wie es weitergeht … Ich habe keine Ahnung!!!

STILLHALTEN … GEHT DOCH!!!

Bei Erscheinung dieses Werkes bin ich vermutlich schlauer. Jetzt im Moment kann ich nicht beurteilen, wie mein Status ist (schon wieder):

>Bin ich schriftstellerischer Polizist?

>Schriftsteller, der mal Polizist war?

>Berufstätiger Beamter, der nebenbei mal schnell ein Buch geschrieben hat?

>Im Krankenstand stehender Polizist, der sich als Autor versucht hat?

Keine Ahnung! Ich werde es erfahren. Als Erster …

Meine vielen Träume werde ich mir niemals nehmen lassen. Wer nicht mehr träumen kann, lebt nicht. Musste es in den letzten Jahren schmerzhaft erfahren. Albträume. Aber auf diese Art der Träume würde ich so gerne verzichten.

Gemeint sind die unerfüllten Wünsche und Hoffnungen, um die jeder Mensch kämpfen sollte.

Ich möchte wieder „normal" leben können, ohne die Geister, die mich jetzt schon so lange verfolgen.

Ich möchte, dass der Zug meine Station mal auslässt und eine andere Strecke fährt.

Ich möchte mein STOPP-Schild in die Ecke stellen können.

Ich möchte den Herrn Jacobsen aus meinem Bekanntenkreis streichen.

Ich möchte endlich wieder einmal den geruhsamen und erholsamen Schlaf finden.

Ich möchte meinem „alten" Leben wieder etwas näher kommen.

Ich möchte, dass dieses einschneidende Ereignis nicht mehr mein Leben bestimmt. Vergessen werde ich es nie.

Ich möchte meiner Lebensgefährtin wieder der Partner sein, den sie vor vielen Jahren kennengelernt hat.

Ich möchte … möchte … möchte … Die Liste wäre noch lang!

Ich habe so viele unerfüllte Träume.

Dieses Buch habe ich in sehr kurzer Zeit fertiggestellt. Unglaublich, wenn man liest, wie lange die „guten" Autoren an einem Werk arbeiten.

Ich bin kein Autor. Werde es nicht wagen, mich als solcher zu bezeichnen. Bin ein Anfänger, ein erfahrungsloser Schreiber, der sich aufraffte, sein Leben zu

Papier zu bringen. Dies mit dem Blut seines Herzens schrieb.

Auch mit Formulierungen, die ein richtiger Schriftsteller niemals verwendet hätte. Schiefen Satzstellungen. War mir egal. Mein Name ist ja auch nicht Simmel, Grisham oder Brown.

Oftmals hat meine Seele die Finger über die Tasten gleiten lassen.

Ich musste jedoch keinerlei Recherchen tätigen, Berater oder Fachleute konsultieren. Mein Buch, meine Fakten und mein Zustand waren von Anfang an nur in meinem Kopf.

Alles abgespeichert, ohne die Notwendigkeit, auf die Hilfe und Unterstützung anderer zurückgreifen zu müssen.

Vor Kurzem sah ich einen Film im Fernsehen mit meinem absoluten Lieblingsschauspieler:

Sean Connery

Er spielte einen alten, verbitterten Schriftsteller, der einsam und zurückgezogen irgendwo in den USA lebt. Hatte nur ein Buch geschrieben. Wurde jedoch ein Bestseller, für den er den Pulitzerpreis erhielt und der ihm ein sorgenfreies Leben ermöglichte.

Anschließend hatte er kein Manuskript mehr veröffentlicht, sondern sich einfach zurückgezogen. Erst ein junger farbiger Nachwuchsautor holte ihn ins Leben zurück.

Was will ich damit sagen?

Das wäre es doch auch für mich!

Als Neuerscheinung sofort auf die Bestsellerliste, zahlreiche Buchpreise als hoffnungsvoller Jungautor, der wie Phönix aus der Asche stieg (mit dem Pulitzerpreis wird es vermutlich nicht klappen – bin ja Optimist, aber …).

Autogrammstunden, Buchmessen, Lesungen, unzählige Angebote zur Verfilmung … und … und … und …

Verrückt!

Endlich mal schuldenfrei, ein Auto nicht älter als zehn Jahre, unter 200 000 Kilometer und keine Überlegungen am 15. des Monats, wie man die restlichen Tage übersteht …

Das wäre so schön!

Und keine Gedanken über meine weiteren schriftstellerischen Ambitionen oder eine mögliche Fortsetzung …

Ganz viel Zeit haben, wieder den Weg ins „alte" Leben zu finden. Zeit für die Genesung, die so dringend gewünscht wird.

Träumen darf ich ja …

Epilog

Dieses Buch habe ich für mich geschrieben. Nicht für meine Kinder, meine Mutter, meine Freunde und Bekannte oder meine Lebensgefährtin. Nur für mich

MEIN BUCH!!!

Ich saß lange am Computer vor dem leeren Dokument und überlegte, ob ich den Anfang wagen soll oder nicht.

Muss ich Rücksicht nehmen auf die Mutter oder den Bruder? Die Menschen, für die ich gekämpft habe mit jeder gequälten Faser meines Körpers, nur um ihnen wieder ein kleines Stück näherzukommen?

Dieses von mir so sehnlichst gewünschte Annähern ist nur sehr beschränkt gelungen. Trotzdem bin ich darüber sehr glücklich:

Lieber Bruder – dafür danke ich dir von ganzem Herzen!

Für den Schmerz und das Unverständnis deiner Eltern bist du nicht verantwortlich. Aber auch ich habe es jetzt nach langer qualvoller Zeit endlich geschafft, mir diesen Schuh wieder auszuziehen. Zu lange trug ich ihn, obwohl er viel zu eng war. Die Narben werden mir für immer erhalten bleiben.

Ich habe jetzt so lange Rücksicht genommen, meine eigenen Interessen, Hoffnungen und Wünsche ganz nach hinten gerückt, nur um nicht als der „gefühlskalte Mensch" zu erscheinen, für den sie mich halten.

Jetzt ist es Zeit, an mich zu denken.

Seit Jahren leide ich, versuche das schreckliche Geschehen zu verarbeiten und wollte den Eltern doch nur etwas näherkommen. Dafür habe ich all meine übrig gebliebenen Kräfte verbraucht. Nur für den Hauch von Verständnis oder Mitgefühl …

Dieses Gefühl blieb mir versagt. Jetzt war es dringend geboten, auch an mich zu denken, um meinem großen Ziel, endlich wieder zufrieden leben zu können, ein Stück näher zu kommen. Erholsamen Schlaf zu finden, ohne die schrecklichen Träume und Visionen. Zu leben …

Durch das Ausarbeiten dieses Manuskriptes wurde mir schmerzlich bewusst, wie viel Angst und Leid noch in mir steckt. Jede geschriebene Seite hat meiner Verarbeitung gedient. Die schriftliche Schilderung war hart und anstrengend, hat Gefühle hervorgerufen, die ich ganz tief in mir verdrängt hatte, war aber für mich sehr hilfreich und absolut erforderlich.

Es war zunächst nicht geplant als Buch für die Öffentlichkeit, denn niemand, außer meinen Ärzten, sollte wissen, wie schwach und verwundbar ich war und noch immer bin.

Wie man fast zerbrechen kann an Ereignissen, die sich in nur wenigen Augenblicken abspielen und auf die man keinerlei Einfluss hat.

Was ich in meiner späten Jugend und in der Phase des frühen Erwachsenseins für ein schlechter, charakterloser Mensch war. Ein betrügerischer Ehemann. Ein miserabler Vater. Aber dazu stehe ich und bin mir meiner vielen Fehler und Schwächen sehr bewusst. Ich habe meine Seele entblößt bis in den letzten, kleinsten Winkel.

Es ist auch eine wirklich ernst gemeinte Entschuldigung an all die Menschen, die ich verletzt habe im Laufe meines Lebens. Ich hoffe von ganzem Herzen, dass sie diese Entschuldigung annehmen, nachdem sie gelesen haben, dass ich für meine Verfehlungen hart, sehr hart, bestraft wurde.

Empfehlen kann ich dieses Werk jenen Polizeibeamten in Deutschland, die meinen, alles erlebt zu haben. Die dem Irrglauben unterliegen, dass man in diesem Beruf alles verarbeiten kann. Kollegen – glaubt es mir einfach:

Dies klappt nicht immer!

Bedanken möchte ich mich bei den vielen Menschen, die auch in der schlimmen Zeit zu mir gehalten haben, dies noch tun und meine offensichtlichen Veränderungen hingenommen haben.

Dank:

Anja
(Lebensgefährtin, die es so lange mit mir aushält)

Helmut und Heike

Peter und Uli

Stitch und Silke

Fidus und Manuela
(alles liebe und sehr gute Freunde …)

Anja/Claudia/Nathalie u. Holger
(Leidensgenossen)

Gunter
(an meinen neuen ostwestfälischen Freund)

Gustav
(für dein Überleben und deine anschließende Hilfe)

An meinen ehemals besten Freund, der mir den größten Fehlgriff meines Lebens abgenommen hat und jetzt mit ihr leben muss … Selber schuld!

Und natürlich an die beste Mutter der Welt!

Nicole und Nina
(an die etwas „anderen" Töchter)

Diana und Andrea
(an meine „Personal"-Betreuerinnen)

An meinen Traumapsychologen – Herrn Dr. Knorr in Veitshöchheim

Und noch vielen mehr, die ich jetzt nicht namentlich alle nennen kann!

Nicht böse sein …

Vor Kurzem sah ich im TV eine Dokumentation der Bestsellerautorin Sabine Kuegler, die „Das Dschungelkind" schrieb. Ihr fast 17-jähriges Leben im Urwald und die anschließend harte Zeit in der Zivilisation.

Irgendwie fühle ich mich auch wie ein Dschungelkind …

Glücklich gelebt bis zum Alter von 46 Jahren in einer eigenen, kleinen, zufriedenen Welt. Im Dschungel der Zivilisation bei meinen Eingeborenen …

Anschließend herausgerissen, nicht langsam und schleppend, sondern hart und schnell in eine Welt, in die ich nicht wollte und mit der ich im Moment nicht zurechtkomme. Aber die mich gefangen hält. Ich kann nicht zurück in meinen vorherigen Dschungel. Dieser Weg ist mir für immer verbaut. Habe nicht die Möglichkeit wie die geniale Autorin dieses Buches, zurückzukehren an den Ort, den sie so geliebt hat.

Ich habe meinen Kampf trotzdem nicht aufgegeben. Werde ich auch niemals tun!

Dschungelkind …

Mein Buch soll kein dramatischer Thriller sein, sondern aufwühlen und erklären. Wer dies beim Lesen nicht so empfunden hat, sollte noch mal von vorne beginnen und eventuell bewusster lesen. Oder sich eingestehen, dass das Feinfühlige, Emotionale nicht so sein Ding ist …

Es ist kein erdachter Roman oder frei erfundener Krimi, den man im Fernsehen sieht. Es sind Tatsachenereignisse und aufgezeigte Gefühle, von denen man sich wünscht, sie nie erleben zu müssen.

Mitteilungen, wie ein Mensch sich nach einem derartigen Erlebnis fühlt und was für Veränderungen dies mit sich bringt.

Es sollte auch keine Leidensgeschichte werden. Jammern ist nicht so mein Ding. Durch mein langes, vorheriges, teilweise chaotisches Leben wollte ich auch zum Schmunzeln anregen. Meist mit viel Ironie und Sarkasmus, aber immerhin.

Auch die seltenen Momente meines manchmal bizarren Humors werde ich mir niemals nehmen lassen. Und meinen grenzenlosen Optimismus. Denn der erhält mich am Leben. Ich werde immer auf die Wende zum Guten hoffen.

In der Praxis meines Traumatherapeuten hängt im Vorzimmer eine Karte mit dem weisen Spruch eines berühmten Israelis:

„Wer nicht an Wunder glaubt, der ist kein Realist!"
Ben Gurion

Ich werde immer Realist bleiben …

GEHT DOCH!!!

– ENDE –

Der Autor

Mike Muche ist 1957 in Unterfranken/Bayern geboren. Er ist Vater zweier erwachsener Töchter und wurde 1974 bei der bayrischen Polizei eingestellt.

Nach einem verhängnisvolle Polizeieinsatz im März 2004 veränderde sich sein ganzes Leben grundlegend.

Der Verlag

Der im österreichischen Neckenmarkt beheimatete, einzigartige und mehrfach prämierte Verlag konzentriert sich speziell auf die Gruppe der Erstautoren. Die Bücher bilden ein breites Spektrum der aktuellen Literaturszene ab und werden in den Ländern Deutschland, Österreich, Schweiz und Ungarn publiziert.

Das Verlagsprogramm steht für aktuelle Entwicklungen am Buchmarkt und spricht breite Leserschichten an. Jedes Buch und jeder Autor werden herzlich von den Verlagsmitarbeitern betreut und entwickelt.

Mit der Reihe „Schüler gestalten selbst ihr Buch" betreibt der Verlag eine erfolgreiche Lese- und Schreibförderung.

Manuskripte sind beim novum Verlag jederzeit gerne willkommen!

Rathausgasse 73
A-7311 Neckenmarkt
Tel: 02610/431 11

www.novumverlag.com

AUSTRIA | GERMANY | SWITZERLAND | HUNGARY